LUIS SEXTO

I0566466

EL CABO DE LAS MIL VISIONES

EDITORIAL LETRA VIVA
CORAL GABLES, LA FLORIDA

LUIS SEXTO

Copyright © 2012 By *Editorial Letra Viva*
Postal Office Box 14-0253,
Coral Gables FL 33114-0253
Cover by:
ALL RIGHTS RESERVED. NO PART OF THIS BOOK
MAY BE REPRODUCED IN ANY FORM, EXCEPT FOR
THE INCLUSION OF BRIEF QUOTATION IN REVIEW,
WITHOUT PERMISSION IN WRITING FROM THE
PUBLISHER.
ISBN: 0989412547
ISBN-13: 978-0-9894125-4-4

Printed in the United States of America

A la memoria de Víctor Manuel Sexto Cabrera, mi hijo, nacido el 29 de marzo de 1985 y muerto, en olor de bondad y pureza, el 9 de marzo de 1999, a los 13 años, 11 meses y 20 días. Aún me pregunto si la muerte es posible. Y mientras hallo la respuesta, siga viviendo él en las páginas de este libro que comencé a escribir al pie de su cama de enfermo, en Miami. Le pertenece.

A todos cuantos, dentro y fuera de Cuba, me ayudaron y sostuvieron en mi empeño por prolongar la vida de mi hijo.

Hay cosas que yo no me explico de la vida.(...)
Los dioses son caprichosos e inconformes. Por
eso aquí han pasado tantas cosas raras.

Miguel Barnet
Biografía de un cimarrón

ÍNDICE

PRÓLOGO	5
EL SILENCIO DE LOS SIGLOS	11
LA LUZ QUE A TODOS ENLOQUECE	19
LOS MISTERIOS SE COMPLICAN	21
OJOS QUE VEN Y DESPUÉS NO VEN	26
LAS CONDICIONES DE LOS DIFUNTOS	31
LA TRAGEDIA DEL ORIENTAL	35
LOS MUERTOS HABLAN EN SUEÑOS	40
ARGUCIAS DE HOMBRES O DEL DIABLO	44
HUESOS CON UNA CABEZA CHIQUITA	48
EL REGALO NUNCA HALLADO	50
EL LLANTO DE UN NIÑO DONDE NO HABÍA NIÑO	53
LA LUZ DE LA DESGRACIA	59
LA VISIÓN DE LÁZARO EL PERDIDO	62
CRÍMENES NUNCA NOMBRADOS	65
LA MALDAD HACE MUCHO ESCÁNDALO	67
ANTES QUE UN TRAGO DE RON	71
LA GARANTÍA DEL SILENCIO	74
ENTRE LA SOSPECHA Y EL CELO	76
A ORILLAS DE UNA ZANJA	80
EL SILENCIO DE LA JUSTICIA	84
UNA BOMBA DEBAJO DEL FARO	87
UN BANDIDO Y UNA MUJERCITA DETRÁS	91

DONDE HAY UN NOMBRE HUBO UN PIRATA   95

LOS LIBROS NO LO CUENTAN TODO   97
EL PRIMER MONTERO DE EL CABO   100
SÍ PARA UN HOMBRE ES SÍ   107
HIERROS Y MADERAS   110
BUSCAVIDAS SIN RENOMBRE   115
LA VIDA INSÓLITA DE UNA MUJER ÚNICA   118
UN PAREDÓN COSTERO EN EL MAPA   123
LA VENGANZA ES COMO EL COCODRILO   127
LA INGRATITUD DE SIERRA   131
LA HISTORIA SIGUE OCULTA   135
CENIZAS SERÁN LOS RECUERDOS   138

Prólogo

La prosa y la música necesitan un tono. Adivinarlo es asunto esencial en quien escribe libros o canciones. El resto es oficio, técnica dominante, suerte y certeza del acierto en el tema. Para Luis Sexto haberse adentrado en El Cabo de San Antonio, como periodista, le introdujo en un mundo de sombras orales, siluetas de hombres cuya existencia misteriosa se nos hace sospechosamente increíbles, parajes que se ven por una vez y suelen olvidarse para siempre. Porque El Cabo es eso: una sugerencia más que una evidencia. Y a la larga, casi desde siempre, El Cabo es un permanente desafío a la imaginación. No en vano el título que Sexto asumió sin pensarlo dos veces: *El Cabo de las mil visiones*, "misterios y leyendas", como afirma el subtítulo.

La prosa de este libro suena antigua. No lo proclamo como deficiencia. Todo lo contrario. Suena a lenguaje antiguo y hermoso, de acento religioso, revelador y exacto, tal como la lengua de los que andan y desandan el lugar. Serena certidumbre que nos entra -de un gran salto atlético- por la reflexión y penetra el sentido revelando enigmas, acomodando signos entrañables de la visión que el hombre tiene de su rastro en el sitio de sus añoranzas y su sobrevida.

Todas las páginas del libro nos suenan, por tanto, exquisitamente, a inventario de alguien

que antes que ningún otro le dio nombre a las
cosas y las iluminó con una espléndida cuota de
religioso azar. Virtud que solo escasamente des-
ciende a la prosa: de ahí que este volumen lo ca-
racterice la intensa carga de poesía que des-
borda toda(s) su(s) historia(s). Sexto es respon-
sable de ese acierto. No en vano adivinó su tono
exacto y ajustó la cadencia del tiempo que des-
cribe a las necesidades de los muchos misterios
que pueblan ese sitio donde la mar del sur se
junta con la del norte, en una amorosa, indesci-
frable, comunión de las aguas y los trillos; de las
cuevas de límites impenetrables y las visiones
de cofres y tesoros descritos en los mapas. Allí
donde el silencio habla otro lenguaje, como un
viejo pájaro que habita la penumbra.

Como suelo hacer sometí la obra a la prueba de
una segunda y detenida lectura. Superó lo que
sus expectativas prometían. Los personajes ga-
naron en consistencia humana. El paisaje en-
sanchó sus contornos, tanto en extensión como
en profundidad, incorporando la polifonía de
ciertas irreversibles corales de la floresta occidental cubana a la nostalgia de los testimoniantes. Añadió a lo anterior olores y sobresaltos
inaudibles en la inicial entrada al texto. Y el color, antes uniforme, se hizo más diverso y atrevido.

Termino agradecido la reseña del libro de
Sexto. No la escribí para promoverlo a los ojos
de posibles lectores. No lo necesita. Lo bueno y
perdurable no requiere elogios. Se impone por sí
mismo. Escribí "agradecido" porque leí un texto
original y eterno. No siempre se alcanza esta
oportunidad en un mundo donde suelen primar

y confundir las imitaciones.

Joaquín G. Santana,
Radio Habana Cuba, 2006

El Silencio de los Siglos

Como un alfiletero donde cada aguja indica un naufragio, el Mar Caribe atiza aún la tentadora posibilidad de albergar tesoros que se oscurecen ante la bovina indiferencia de los peces. Y se mezclan con las leyendas, los mitos y las ambiciones de dormirse pobre y despertar rico. De vez en cuando, buscadores precedentes de Europa o de Norteamérica repasan con olfatos electrónicos el cuenco de turbulencias de este Mediterráneo americano, en un rastreo que otros realizaron mucho antes, pues en lo tocante al dinero no existen rutas con la virginidad intacta.

Los buscadores de tesoros han sobrevivido a la quimera dorada de siglos pasados. Aún se mantienen en la probeta de las utopías, entre otros planes, los proyectos de hallar los cofres y botijas de la Catedral de Mérida, que se oxidan en algún sitio de la ensenada de Corrientes, en la península de Guanahacabibes. O aspiran a precisar el punto exacto donde se desmenuzan las armazones de la Concepción y la Magdalena, galeones agujereados por piratas en 1556 y que con toneladas de lingotes de oro -estibados en Panamá, como les he dicho- yacen frente a las costas del cabo de San Antonio.

La imaginación humana es el mejor instrumento del vivir. La fantasía sostiene la vida con eso que algún meditador ha llamado la materia de los sueños. Pero los sueños o las aventuras en busca de la buena suerte se reproducen tan diversamente como los rostros y el tamaño de los hombres. La tentación acude a un catálogo inacabable de formas: cada individuo puede sucumbir a la insinuación que lo retuerce en el acatamiento. Yo no fui una excepción. Sin embargo, no quería encontrar en los laberintos subterráneos de la península las botijas y ánforas repletas de oro y alhajas, por las cuales ciertos hombres arriesgaron la vida en épocas funestas o perecieron en la obsesa búsqueda de la fortuna. En qué espelunca, cuál promontorio, en que caleta enterraron piratas y filibusteros el fruto de su rapiña. Nadie lo sabe. Solo se oyen leyendas, cuentos, de quienes un día se adentraron en la península tras la ambición que les hiciera trascender la pobreza.

Yo buscaba esa cauda de leyendas y fantasías que ha permanecido tan ignorada como los tesoros de Guanahacabibes. En definitiva, ha sido lo único tangible, audible, verificable de esa riqueza que deseada y nunca hallada, sigue rutilando en una tentación que intenta usurpar el prestigio de lo histórico cuando solo le corresponde el de la poesía.

En 1990, mi trabajo en la revista *Bohemia* consistía en andar y ver, y luego contar. Ya entonces aplicaba un principio: cuando me detengo ante unas ruinas o un recuerdo, intento adivinar qué hombres amaron y sufrieron en esos que ahora son despojos o sombras. Y a ello fui a la zona más occidental de Cuba: a develar cómo los habitantes del cabo de San Antonio afrontaron la explotación, el aislamiento, la soledad, el odio y las señales de un pasado que la violencia signó durante casi medio milenio. Tal vez en el primer viaje entrevisté a Fisco Varela. Enseguida supe que aquel hombre, próximo a la vejez, nacido en el cabo de San Antonio y experto en la ciencia del vivir en la soledad y a veces en la desolación, me había descrito un mundo urgido de ser contado y a la vez me había propuesto una voz narrativa.

Topé en El Cabo, pues, con una memoria que pedía ser nombrada, construida o reconstruida mediante la literatura, y a ese fin dediqué mucho tiempo a oír, ver, leer, valorar, aprenderme literalmente, como el Himno Nacional, las 14 horas de información recogidas en mi grabadora. Específicamente, durante tres años visité con cierta frecuencia al cabo de San Antonio, hablando con sus pobladores y revisando sus parajes más renombrados, para conocer vivencialmente el escenario de aquellas historias tan antiguas. Me introduje con el hábito discreto de un reportero o un entrevistador que solo provoca a su entrevistado, y luego reordena y reconstruye lo oído sin distorsionar sus esencias.

Quise evadir el periodismo más simple, y sinteticé todos los testimonios en un personaje ficticio, pero objetivo, a quien llamé ÉL. La voz de la primera persona que ocupa el espacio narrativo, turnándose y confundiéndose con la tercera del autor, es la de Fisco Varela. Las vivencias, los pormenores de las peripecias, pertenecen a todos los entrevistados. En el libro no aparecen todos los que me abastecieron de datos, anécdotas, leyendas, pero sí cuanto dijeron.

Fisco Varela, Valerio Ceballos, Emilio Arocha,

Toño Fernández, Tomasa Santovenía, uno de los Borrego y otros más, y hasta Pedrito de Celis, el historiador de la península, me develaron las memorias colgadas de los oídos de cinco siglos. Toqué con mis pies y mis manos las caletas, ensenadas y playas que conservan el nombre de un pirata. Y recorrí algunos de los puntos donde unas 400 personas habitaron la desolación y el aislamiento de El Cabo, produciendo carbón o criando puercos. Años después intenté hacer perdurar las evocaciones de mis entrevistados en este librito titulado *El cabo de las mil visiones* -publicado primeramente en Sao Paulo, Brasil, en 2002 y tres años después en La Habana en una escasísima y modesta primera edición. Pretendí mezclar el dolor y el sueño, los fantasmas y la muerte. Ninguna visión, ninguna magia, podía castigarme por difundir los destellos del oro en la imaginación. Sin embargo, varios de los testimoniantes fueron muriendo inmediatamente después de haber grabado sus memorias, en una sucesión – Arocha, Valerio, Fisco- que me inspira a creer en un esotérico ajuste de cuentas por haber develado lo que había sido velado para siempre. Y no estoy loco. Es que aún me conmueve el silencio de El Cabo.

En esta parte del planeta, los caminos del oro se abrieron a partir de 1492. Y digamos, aunque se enfade la memoria del Conde Roselly de Lorgues y de León Bloy -empeñados en el siglo XIX en calimbar al almirante con un nimbo de santidad- que Cristóbal Colón fue una especie de inaugural buscador de tesoros en el Nuevo Mundo. Entre los libros que leyó, y anotó minuciosamente valiéndose de una cruz latina con varias líneas transversas o una manecilla tipográfica para marcar lo que merecía "creciente atención" o "importancia suma", estaba el "Milboro", con los relatos sobre los viajes por el Extremo Oriente de Marco Polo, el comerciante veneciano. Y también otros dos –muy socorridos en aquel tiempo de escasez de libros y abundancia de inquietudes e ignorancias científicas- que se titulan "Imago Mundi", del cardenal Pedro de Ailly, e "Historia Universal", bajo la firma de Eneas Silvio Piccolimini, más tarde Papa Pío II. Las historias de Marco Polo, rutilantes de piedras preciosas y láminas áureas, insuflaron en la burguesía naciente del *Quattrocento* los reflejos dorados de la desmesura que le sirvió de base para "la acumulación originaria del capital". El oro, que en vez de proceder de la India, llegó desde América, trastornó la vida europea. En Moscú visité en 1988, un museo usualmente desestimado por los turistas o los peregrinos del Kremlin: el dedicado a la existencia cotidiana en la corte del Zar. Allí el observador aprecia que, en cierto momento del recorrido, los objetos y adminículos empleados en las demandas de una lujosa cotidianidad modifican su naturaleza material. Y el oro y la plata empiezan a regir la composición de los utensilios de la cocina, la mesa, el tocador. Desde luego, el oro y la plata de América trasegado a Europa por las empresas coloniales de saqueo.

Los archivos de las compañías comerciales de entonces informan que en el Caribe se dispersan, y a veces en ciertas zonas se amontonan, más de 60 pecios, restos de naufragios entre los que se enmascaran, bajo los corales, decenas de tesoros. El mar sabe de muchos más...

Al sur de Jamaica, en un área llamada Banco de Pedro, descansan siete naves. En 1691 encallaron allí los buques españoles Concepción, Nuestra Señora del Carmen y Santa Cruz, repletos de plata procedente de México. En 1659, el San Martín y Santiago navegaban cerca de las costas meridionales de Puerto Rico. Venían hacia Cuba desde puerto colombiano, con plata y joyas. Nunca llegaron a La Habana. Los bandidos del mar los hundieron después de un cruento abordaje. El Prince Maurice, inglés, naufragó en unos bajos próximos a San Germán, en la esquina sur occidental de Puerto Rico. Navegaba en 1653 trasladando una carga exquisita: cofres de monedas. Más de un siglo antes, el navío Capitán partió de Santo Domingo en 1502. Transportaba hacia España uno de los primeros embarques de oro. Las causas del naufragio aún las vela el misterio.

Un huracán sorprendió en 1614 a una flota que tocaría a La Habana para más tarde proseguir rumbo a España; había zarpado de las costas de Yucatán. Próxima a cabo Catoche, los vientos impidieron que unas siete unidades atracaran y desembarcaran la plata en su destino final. Unos piratas, estimando menos complicado quitar el tesoro al mar, intentaron rescatarlo. Inútilmente. Los piratas y corsarios, digamos de paso, no solo echaban a pique naves ajenas. También perdían las suyas. El Goleen Fleecce fue al fondo de la bahía de Samaná, en La Española, acompañado de una fortuna, que nunca se ha izado a la superficie. Y en los límites de las

Antillas Holandesas todavía se repiten noticias antiguas sobre naufragios de embarcaciones signadas por una calavera estampada sobre sus trapos.

Más nombres aparecen citados en otras páginas de este libro. La nómina de barcos sepultados bajo las aguas del Caribe seduce por la posibilidad de fijar exactamente el maderamen y los metales cubiertos de corales. Los tesoros, al parecer, esperan por nuevos colones que aparten los indescifrables abanicos de espuma, oscuridad, leyenda y ambición que abejean sobre cinco siglos de desastres. Yo solo rescaté la memoria de entre los fantasmas de El Cabo.

LUIS SEXTO

LA LUZ QUE A TODOS ENLOQUECE

Los Misterios se complican

Vengo de El Cabo con una historia en mis papeles y la temprana nostalgia por sus olores y susurros. Olor de mar simple, y de leña ardiendo en los diminutos volcanes del carbón. Murmullo de hojas, de pájaros solitarios. Y de silencio, lengua habitual de la Península de Guanahacabibes, que llaman El Cabo por el de San Antonio que la remata. Allí dejé a este hombre. Lo vi decir adiós y luego adentrarse en la manigua para seguir habitando en la esplendidez de la soledad y la monotonía.

Nació precisamente en el mismo punto geográfico donde en occidente el mar del sur se junta con el del norte. Creció descalzo, descamisado, viendo a los perros jíbaros lamentarse de hambre ante la luna y a cientos de iguanas mirar embobadas el azul y el verde de las aguas de la costa. Alto, fibroso, con la nariz desmesurada y recta de los dioses griegos, y el carácter tozudo y austero de los héroes, encontró en Guanahacabibes el ambiente para expandir su personalidad, atraída por los espacios tupidos y por las horas sin manos que le desmenucen la libertad. Él no es, sin embargo, el protagonista de esta historia.

No aceptaría que lo metiesen en un libro. Porque Él es su novela, su personaje, y al oírlo, con su doble locuacidad de palabras y ademanes, hay que admitir que la vida es, en sí misma, el mejor de los libros. Y porque la justificación, la importancia de este hombre, consiste en vivir en el mismo lugar. Mi alegría está en El Cabo. El gobierno me dice por qué tú tan viejo vives tan solo. Pero yo digo que de aquí salgo muerto. Ha sido feliz trabajando con las cosas de la naturaleza y engendrando hijos como un patriarca.

El protagonista de su historia es El Cabo.

El Cabo ha regido, absorbido, determinado y medido el tiempo en esta región, con un almanaque en el que se mezclaron inocencia y maldad, sangre y sudor, amor y astucia.

A Él sólo le ha tocado conocer su tierra pulgada a pulgada, con la sabiduría que adivina el árbol por la sombra y acierta si es jocuma, jagüey, baría, yana, patabán, gía, guao, ah, la sombra del guao es mala: hincha...

Y como Él la conocen otros que, si no nacieron allí, llegaron hace tiempo buscando sabe Dios qué olvidos...

En El Cabo hay dinero. Es lo que afirman todos desde las primeras puntadas de conversación, aunque ese es un enigma, y unos cuantos aseguran que son mitos de guajiros que un día contaron ilusiones de codicia para que la gente de la ciudad siguiera tanteando una estrella falsa.

Porque aquí lo que sobra es misterio. Se lo digo como una verdad que nadie podrá contradecir. No hace falta que usted sea creyente. Cualquiera siente cómo el misterio se le cuela por la nariz y los ojos en el aire y el paisaje. La soledad, la señal más visible de lo misterioso, o quizás el recinto más propio para los entredichos de la sinrazón, recibe a cualquiera con un palmetazo de sorpresa y desamparo. Lo oprime, lo aplasta, como diciéndole que nadie es más fuerte que este paraje donde lo que hubo de otros hombres hoy es sombra, o mentira. Yo mismo, curtido como una piedra encasquetada sobre otras piedras, habituado a la luz raquítica que le pide permiso al monte para enroscarse en la oscuridad, siento que piso suelo formado con materiales de lo remoto y de lo secreto. Desde hace mucho tiempo los misterios nos rondan, y en vez de aclararse con los años, se complican, se agrandan.

Ahora, cuando Él pensaba que todo cuanto había oído y visto se convertía en simple arena de una imaginación que el silencio atizaba, se enteró por las noticias que una expedición de científicos canadienses y cubanos encontraron una ciudad de roca, como a 800 metros de profundidad, tan antigua o más vieja que las pirámides de Egipto. Una enormidad de siglos hacia atrás. Son como naves, o edificios primitivos, en la plataforma insular, pegados por el norte a la misma terminación de El Cabo. Pero ninguna mano humana los ha tocado; sólo los investigadores los han visto a través de pantallas de radares, máquinas que si reproducen el bulto no saben distinguir, dibujarle la forma a la gente, de modo que no haya confusión. No conozco intermediario que sustituya el tocar o el ver. Sé, por el contrario, que el misterio existe, existe como una ignorancia que te impone respeto y te atrae al parejo, porque uno no quiere vivir sin saber de dónde viene lo que uno de pronto ve con la vista encandilada.

Debo estar contento. Me voy a morir enterado de una parte del secreto de mayor resonancia en

El Cabo. Mayor que tantas historias de tesoros, que tantos derroteros dibujados en papel, lona, o cuero. Quizás esas nuevas apariciones en el fondo del mar echen sobre tanto enterramiento de dinero, una jarra de verdad. Porque al parecer todo en El Cabo se confirma en la incertidumbre, y la duda se convierte en una guía, en una fuerza que hala. Pero a veces engaña. Y a veces mata.

Nadie jamás ha visto aquí un tesoro completo. Habría que registrar periódicos antiguos y tratar de ver si alguna expedición pudo descifrar el rumor de tantos años. A lo sumo, lo que se ha encontrado es un puñado de monedas que sonaron como campanas imprecisas, quizás como indicios desorientadores. Cangrejos que sacaron del agua, entre las muelas, alguna moneda. Algún carbonero que, al tirar una paletada de tierra para cubrir el horno, distinguió entre el polvo ceniciento la redonda promesa de una pieza antigua. En Cabo Corrientes, en un sitio que llaman La Bóveda, en la parte baja del farallón, descubrieron hace unos 14 años una balsa de goma con varias monedas viejas. Allí mismo iluminaba en ciertas noches una luz roja que luego del hallazgo nadie más ha visto.

Sólo suposiciones sobre grupos de buscadores que parecieron beneficiados por la suerte, sin que alguien haya podido comprobarlo. De creer a Toño Fernández habría que aceptar que alguien, una vez, encontró y se llevó un alijo de oro. Toño ha contado que, siendo muchacho, su padre y él estaban cerca de Las Tumbas de Noronha. Y vieron que se acercaba una lancha al ribazo. Tierra, tierra, gritaron. Y desembarcaron unos siete u ocho hombres. Saludaron y le pidieron al viejo Fernández un pico y una pala. Él se los prestó, y permaneció allí con su hijo. Uno de los extraños les dijo retírense. Recularon hasta cierta distancia, y se pararon. El mismo hombre, ya bastante serio, les tiró con la voz una amenaza. Les dije que se retiren. A las dos o tres horas el padre y el muchacho regresaron. Ya no había nadie. Sólo un hoyo y varias múcaras de barro rotas y vacías. Además del pico y la pala. ¿Encontraron o no encontraron lo que buscaban? Toño lo supone; no le consta. Las botijas pudieron estar vacías antes de desenterrarlas. Porque en eso de los tesoros aquí no hay nada definitivo, ni exacto. Y han ocurrido hechos en los que el resultado ha sido como una broma, una gracia planeada tal vez desde hace muchos años, para, un día cualquiera, el que se creía afortunado maldijera su suerte al cavar y hallar vacío lo que esperaba encontrar lleno.

Pero Él, que suma más de ochenta años en la cola escueta y ruda de la Isla de Cuba, cree a fin de cuentas que hay dinero.

¡Mucho!

Ojos que ven y después no ven

La geografía de El Cabo mide lo que una cruz formada con los brazos abiertos de norte a sur; casi pueden los dedos mojarse en las dos costas. Y si se le mira a lo largo en el mapa, semeja un cachorro, de león, perro, no sé, engurruñado entre las patas de la madre. El Cabo... Poco espacio para tanta historia. Cuando vio por primera vez un mapa de Cuba, se pasmó de la sorpresa al tocar con los ojos completamente a El Cabo. Desde arriba usted ve lo que no ve abajo. Entre Cayuco y el faro Roncali sólo 77 kilómetros. Eso a lo largo. Y por la parte más ancha, 34, de punta Tolete a cabo Corrientes. Y por la más estrecha, seis kilómetros desde punta Gorda del Guanal, en el norte, hasta playa La Barca, en el sur. Y de esa contradicción entre el tamaño y el ser le vino su destino de amparar bajo sus secretos físicos el oro de turbulencias y desmanes, que dicen vale hoy más de doscientos millones de dólares.

Cristóbal Colón pasó ante la península de Guanahacabibes el 13 de junio de 1494. Y quizás un hombre que veía hacia delante con ojos tan finos sólo vio en estas varas de suelo la continuación de la que ya había llamado la más hermosa. No podía saber el Almirante que años después de su paso indiferente por El Cabo, esta baratija de tierra sería un cofre que a él mismo lo hubiera

trastornado. Porque Colón fue el primer buscador de oro y de tesoros de su época. Su mérito
consiste en haber captado la inquietud del
mundo, y haberla echado a navegar por aguas
desconocidas y tramposas, pasando por encima
de miedos y fantasmas que se interponían en el
camino de la riqueza. Yo no quiero negar que,
como han dicho personas de ciencia, Colón fue
un hombre con ideal. Un idealista. Incluso han
asegurado que fue un santo. Pero eso no lo creo.
Un santo no gusta tanto del dinero; no arriesga
su vida, su moral, su tranquilidad a cambio de
los tesoros. Y el Almirante llegó a escribir en una
carta, que cierto día me enseñaron los compañeros con quienes aprendí estas cosas de historia,
que el oro es excelentísimo y lleva a las almas
hasta el Paraíso. Me acuerdo de una frase de esa
carta que dice del oro se hace tesoro, y con él,
quien lo tiene hace cuanto quiere en el mundo.
Es decir, entiendo yo, que con oro se podían
hasta hacer santos. Colón fue una mezcla. Como
lo somos todos los hombres. Es verdad. En su
cuerpo compartían la caja el ejecutante, el pro-
pagandista y el símbolo de una pasión por la
cual algunos aún sueñan en El Cabo con lo difícil, y también con lo imposible. Pero que en el
fondo es fácil, como en el juego de la baraja, la
bolita, la charada, la ruleta, la lotería. Uno se
acostumbra a poner la esperanza en la suerte,
en la buena, claro, para esquivar la pobreza, o
para ir más para arriba. Jugar es la apuesta de
lo poco por lo mucho, y sin esfuerzo, rápido, de
un golpe. Un número que así como así se concilia
con el que el cerebro inventa, entreverado a veces de fechas, sueños, milagrerías. Usted lo

sabe. Al fin, día tras día queriendo cambiar el presente sin contar con el trabajo. Muchos vinieron con esa idea. Que me diga alguien que no fueron jugadores...

En aquella época de Colón no había tesoros aquí. Solo el enorme tesoro de la naturaleza que hace que Guanahacabibes sea hoy Reserva Mundial de la Biosfera. Con el tiempo, en 1509, Sebastián de Ocampo averiguó lo que ya sabían, antes de mezclarse con la vida que los españoles trajeron, los aborígenes guanahatabeyes: que El Cabo marcaba el inicio o el fin de Juana o de Cuba, y más adelante se supo también que su pequeñez es aparente. Dentro hay otro mundo -sobre todo un mundo de cuevas, compañero-, donde quien daba tres pasos, si no lo conocía, se extraviaba hasta morir en el monte entre peñascales y pantanos. O en la costa misma. Porque no importaba que usted se detuviera ante el mar abierto, respirando aire sin la asfixia de la manigua. La soledad lo era todo. Soledad y misterio. Yo me sé muchos de esos secretos, pero nadie me ha visto hacer de minero, de rastreador de tesoros; los mejores trabajos son los silenciosos, sin aspavientos que lo pongan a uno en el entredicho de la burla. Y de vez en cuando doy mi ojeada; para mí sería un orgullo encontrar antes de morirme un pedazo de oro para entregárselo a Fidel y pensar cuánto podríamos resolver...

No me pregunte por las pruebas. Soy una persona que cuando afirma un hecho es porque es positivo. Además, hay creencias que no le reclaman pruebas al hombre. Las cosas tienen a ratos un lenguaje que sólo puede entenderse si uno lo escucha desde dentro. En el corazón.

Por el año de 1977, andaba costaneando, viendo el modo de desarrollar los quelonios en Guanahacabibes, y encontró en el farallón de la playa de Perjuicio un paletazo de cemento en la roca, como si tapiara un hueco. Marcó el sitio y volvió al pueblo para traer una mandarria. Esa, pensaba yo, es la mina de los piratas. Qué contentura me aflojaba el cuerpo; usted debe figurarse esa sensación, la misma de cuando una mujer que usted persigue, le dice un día de pronto que sí, que se pueden empezar los juegos de la confianza... Pero cuando regresó para romper a golpes aquella quimera de tantos siglos, no la halló más. Era una loza de cemento romano y medía unos veinte centímetros de altura por unos treinta de ancho. Y dígame que relación tiene uno con ojos que ven ahora y después no ven lo que vieron.

Pensándolo bien, fue bueno que no la encontrara más. En el año de 1951 vino un misionero de la provincia de Oriente. Era misionero porque había salido de su patio a cumplir una misión. A pie. La barba por la rodilla. Más de mil kilómetros andando calladamente, como fanatizado, atizado por el sol y las plantas de los pies como con miles de alfilerazos. Su ropa, ya en hilachas, mostraba sin vergüenza las cicatrices de todas sus vivencias. Llegó a mi casa diciendo que iba a buscar los tesoros de Perjuicio y Resguardo. Y a mi padre, gallego de nacimiento, le dijo en particular que moriría cuando pusiera los pies en la playa, al borde de cumplir su misión. Mire que ese hombre dice cosas, le comenté a mi padre. Si, hijo, esos son compromisos con el destino.

Porque al menos el destino existe.

El hombre, en efecto, murió en la punta de la playa de Antonio, recóndita, solitaria, llena de uvas caletas, incienso, guano de Campeche, en la ensenada de Corrientes. Murió de sed. Si hubiera conocido a El Cabo habría sabido que a tres metros de su boca cuarteada por la resequez corría un *venerito,* una corriente de agua dulce, y para beberla tenía sólo que meter una lata de leche condensada vacía entre las piedras y luego doblar la mano, así, a la izquierda o a la derecha, como en un laberinto simple y confuso a la vez. No sabía lo que en aquel momento era lo único que le hacía falta saber. Se arrodilló sobre el diente de perro, filoso, implacable; miró hacia el horizonte, y sus ojos sin luces parecían reconocer qué miseria de gente es un hombre solo cuando no sabe explicarse lo que le pasa. Mientras, la mar iba y venía, salpicándole los labios con un agua que jamás le mataría la sed.

LAS CONDICIONES DE LOS DIFUNTOS

La muerte va detrás de los tesoros. Parece que fueron rociados con maldiciones, o como costaron tanta sangre, la sangre salpica a quienes los encuentran. Dicen que los muertos revelan el escondite, pero el elegido debe desenterrar el dinero en silencio. Y solo. Si lo pregona, si pide ayuda, perece de cualquier forma o pierde el derrotero. Uno llamado Canga se tropezó al fin con su idea envuelta en verdad, convertida en una fortuna. Fue a Cayuco, el poblado más cercano a la península, la puerta de El Cabo, a conseguir quien lo ayudase a trasladar dos cofres. Pero siguió para Guane, más lejos al este. Y regresó en un camión, que traía en la cama varios tanques de cincuenta y cinco galones colmados de aceite o gasolina. En una curva uno de ellos se viró y aplastó a Canga.

Es muy difícil oír una historia, sin que se empate con otra que le dio vía, cordel, oportunidad de hacerse. La de Canga empezó cuando Claro Lazo estaba *playando,* capturando tortugas en Las Revolcadas, playa que se ubica en Cabo Corrientes antes de llegar al farito, por la costa sur. Se había quitado las alpargatas para conservarlas, porque entonces la falta de dinero no permitía ni malgastar las pisadas. Sobre la arena se desperdigaban tablas que la mar había traído, y que los barcos echan al agua como si la mar fuese un inodoro. La hora apenas dejaba espacio para ver. En la penumbra una tabla puede no parecer una tabla y parecerse a una tortuga. Hasta un cadáver puede confundirse en la oscuridad, como se les figuró a los hijos de uno de los Borrego, a Moisés, apodado *Maceo*. Lo sorprendió una tormenta de mucha agua, fusilazos y tronadera en la playa, andando con un machete debajo del brazo. Un rayo le entró por un hombro y le salió por el lado opuesto del cuerpo. Y la esposa, al notar que demoraba sin que ellos supieran la razón, y sabiendo que *Maceo* sentía terror por los truenos, mandó a los hijos a montearlo. Vieron de lejos el bulto y creyeron que era una caguama. Por poco no encuentran el cuerpo del padre... si la preocupación no los hubiera empujado a averiguar qué veían a distancia en noche tan negra.

Andando en lo mismo, Claro Lazo pisó una tabla, y un clavo ferrumbriento le atravesó el pie. Era de prima. Y cuando amaneció la hinchazón y la fiebre lo asustaron. Se dijo me voy de aquí, coño. Tuvo que romper la alpargata por arriba. El pie derecho no cabía. Como era un gran baquiano, un gran montero, en vez de dar la vuelta por toda la costa y salir por donde la ruta se alargaba, tiró hacia la cueva de La Ceiba para pasar la próxima noche protegido y al día siguiente salir al poblado.

Tirando recto, hizo rumbo. A las once de la mañana, la sed le estaba reclamando que se acordara del agua que no tenía. En ese momento más o menos se topó con una cueva que no era La Ceiba. Entró con la esperanza de hallar agua. Y no había. Pero había algo mejor; lo que nunca

supuso que hallaría en circunstancias tan des-
graciadas: unas talegas de oro amortiguado,
opacado, por el tiempo. Quién me habrá regalado todo esto, pensó aún dudando. Confirmó la
verdad buscando el brillo del metal. Echó unos
puñados de monedas en el morral. Y cuando salió dejó sus marcas, para no perder el sitio y el
derrotero. Al rato, empezó a caminar por tierra
buena, la que no tiene piedras. En eso, ya por el
camino de Palito Blanco, se aproximó a La
Ceiba. Pero la fiebre, que le bajó al parecer por
la alegría de su hallazgo, había subido. Se aco-
bardó ante otra noche solo en el monte. Y decidió continuar. Por la madrugada llegó a Pueblo
Muerto. A su casa.

Llama a Canga y al Chino Camejo, le pidió a la
madre. Estoy enfermo, pero eso no importa
ahora. Y se echó al suelo, mientras la vieja trataba de comunicarse con los amigos de su hijo.
Cuando llegaron les dijo somos ricos, encontré el
tesoro de Cabo Corrientes, la mina de la Catedral de Mérida. Tú estás loco, muchacho; estás
delirando. No, no estoy delirando. Y les mostró
las monedas que había traído. Ayúdenme a sacarlo. Pero el tétanos no esperó. A los pocos días
murió Claro Lazo. Y el Chino Camejo, limpián-
dose del asunto, vendió sus monedas a un teje-
dor de guano en los varaderos. Pero Canga, empecinado, siguió el derrotero.

Encontró la cueva donde no estaba el tesoro de
Mérida -porque allí no había ningún crucifijo-,
sino la fortuna de la Sociedad Secreta Anglo
Francesa que, siglos atrás, había enviado tres
barcos a cabo Corrientes; bajaron un carga-

mento de oro, y en hombros de negros cimarrones lo ocultaron en el bosque. Hasta el día de hoy.

Por un momento, Canga tuvo la sensación de que el tesoro estaba destinado para él. Claro Lazo sólo había sido un intermediario, el mensajero que, a costa de su vida, le había llevado la noticia de parte de alguien que lo había elegido para disfrutar aquellas riquezas trasegadas al misterio de Guanahacabibes. Los caminos de los espíritus son complicados. Injustos también. Y como Canga fue a procurar ayuda, murió al incumplir esa ley de que lo que es para uno, es sólo para uno.

Canga no regresó jamás a la cueva.

Otros hablan de que nunca encontró el tesoro y que, desilusionado, fue a Pinar del Río donde alistaban gente para agrandar el cuerpo de la Guardia Rural. Quería un trabajo que le garantizara, sin mucha incomodidad, un pasar la vida. Pero no sabía leer, ni escribir. Y no aprobó el examen que le pusieron unos oficiales. Al volver a Guanahacabibes, murió en el accidente, cuya ocurrencia nadie niega, porque nadie se atreve a negar la existencia de un muerto a quien ve, toca o llora.

LA TRAGEDIA DEL ORIENTAL

No fue Canga el único que yo sepa que pagó con su vida el privilegio de haber hallado un tesoro. Por 1932 llegó a Cayuco un hombre de la provincia de Oriente. De Veguitas, cerca de Manzanillo. Estuvo varios días hospedado en una de las fondas del pueblo. Tal vez en el hotel Sánchez, o en el Manolito, o quizás en el Cosmopolita. Cayuco era entonces un caserío copado por el polvo, con las calles tan sólo marcadas por la intención de construirlas alguna vez. El individuo paseó, conversó, haciéndose una idea de la gente de Vuelta Abajo, como nos llaman por allá, por Vuelta Arriba. Al fin se atrevió a plantear su faena y pidió que lo enrumbaran hacia el Cabo de San Antonio. Traía un planito que le indicaba que debía ir a Caleta del Mangle, porque allí, encima de la faralla, había un tesoro.

Entrar en la Península era una empresa de hombres duros. A pie. No había carreteras, ni caminos para camiones, como hoy, pues comunicarnos, hacernos personas echándonos el asfalto debajo de las plantas, fue lo primero que nos regaló Fidel después de 1959. Existía un paso llamado Revienta Caballos, que pasaba por donde edificaron después el radar meteorológico de La Bajada. Caballo que diera un traspié y cayera sobre aquel pedregal no se levantaba más. El hombre salió con su mochila muy temprano;

pasó la noche en el camino, atemorizado por el aullido de los perros jíbaros. Al otro día continuó hacia la costa, y llegó precisamente a la ensenada de Juan Claro, o de Corrientes, como otros la nombran, donde había un guanal tupido y varios ranchos de campesinos.

O sea, había salido a zona buena, al rumbo exacto, porque a la izquierda tenía a cabo Corrientes y a la derecha a la caleta del Mangle. Al atardecer topó con el destino de su derrotero. Estaba tan cansado, tan sudado, que se desvistió y aprovechó que aún el agua mantenía su calorcito. Era diciembre, y hacía frío y viento. Luego se adentró en aquella selva cuyos arbustos y espinas desguazaban enseguida la ropa. Buscó el tronco de una caoba, que en realidad ya no existía, y cuando se figuró que pisaba el suelo donde había crecido la mata, se detuvo, cocinó unas malangas, y se acomodó en su hamaca, alto entre dos jocumas para protegerse de las jaurías, que en la oscuridad aullaban clavando en el extraño colmillos de miedo y de tristeza.

Con el mapa en la mano rastreó, y macheteó clareando el manigual, y al cabo de tres días se desesperó: nada había hallado. Y había. Muy cerca. En una cueva con la boca tapada por la bejuquera. Al fin toda búsqueda termina en la resignación o el hallazgo. Descubrió la cueva. Y dentro había tres pilas de monedas prietas, muy feas; se supone que estuvieron en barriles, pero la humedad sólo dejó los montoncitos. El buscador tomó una, y como al parecer sabía que el oro se protege de la intemperie oscureciéndose, la frotó y alumbró la luz que a tanta gente enloquece. El hombre comenzó a llorar. Porque, fíjese usted, ya había perdido las esperanzas y de sopetón le surgía aquel caudal increíble. ¡Oro, oro, compañero!

No se le habían acabado los problemas. Ahora se le interponía el mayor problema: sacar aquel tesoro. Por la comida no se inquietaba. Los puercos jíbaros le habían servido de carne. Pero esos animales duermen en las cuevas. El hombre rápidamente se había quedado descalzo; las piedras, filosas como una botella rota, le mordieron los zapatos hasta convertirlos en tiras. Y como tenía que agarrar los puercos en sus escondrijos, las niguas le entraron por entre los dedos. Primeramente fue una picazón dulzona por las noches; en el trajín del día no la notaba. Luego una comezón implacable; más tarde subió por las piernas, que se le fueron hinchando, y ennegreciéndose como esos leños que al amanecer todavía humeaban.

El oriental 1 no sabía nada de las niguas... ¿sabe usted algo?

La nigua es como una pulguita, aún más pequeña, que taladra la piel con un ácido. No sé qué virtud tiene que usted no siente nada cuando le rompe el pellejo. Sólo produce una picazón agradable que atrae a las uñas y luego empuja a seguir rascándose hasta terminar en el hueso; pero la nigua continúa introduciéndose, mete la cabeza en la carne, come y mantiene el culito afuera, para defecar; si usted, incluso, no se lavara vería la mierda –las manchitas oscuras- de la nigua. La barriga le crece descomunalmente; no respira, se oxigena con el mismo aire del cuerpo humano. Pare; se multiplica. Y contamina pies y piernas y al cabo provoca la gangrena. Es del diablo...

El hombre, así, ignoraba lo que padecía. Con los sacos de sus andariveles se protegió los pies haciéndose un par de *chagualas*; estaba decidido a salir, pedir ayuda. Guardó el plano, recogió unas monedas, y tiró al mar en busca del camino de vuelta. Tuvo suerte. Oyó el golpetear de un hacha algo distante, y hacia allí torció cuando el tormento, hasta ahora lejano, de los perros jíbaros con sus aullidos de soledad se le atravesó. La jauría estaba allí: olor con olor. El hombre, le dije, era duro. Ningún pendejo se atrevía a entrar en El Cabo. Aseguró el machete, y siguió con suerte: se le abalanzó el perro guía. Alzó el brazo derecho, y el perro cayó desde su salto con el cráneo abierto. Eso espantó al grupo, que sin el jefe era incapaz de coordinar un ataque.

Debilitado por la excitación y la fiebre de 40 grados, el oriental se echó a descansar recostándose sobre un tronco. No se habría levantado más si Carballea, que efectivamente cortaba leña por ese lado del monte, no lo hubiera hallado. Lo cargó hasta el rancho. Y allí le preparó un caldo y le dio un Mejoral. Nada más. Pero el enfermo se alivió un poco al bajarle la temperatura con la pastilla. Pidió verse en un espejo. Y comprendió cuánto le había costado su aventura: era un esqueleto con barbas. Contó a Carballea su hallazgo; le dio el mapita y la dirección de la familia en Oriente. El tiempo no le alcanzó para lamentarse; la infección se lo llevó sin una queja. Morirse, cuando uno lo necesita porque el cuerpo se rinde, es una bendición.

Muerto el oriental, el compañero de Carballea salió del monte; se presentó a la Guardia Rural para que una pareja fuera a levantar el cadáver. Y el sargento le gritó con esas zoquetadas que el uniforme militar le ponía en la boca a aquella gente: ¿un muerto?; ¿romper monte por un muerto? Así le dijo. Ese es problema de ustedes. Entiérrenlo donde les parezca.

Lo sepultaron al pie de una jocuma. Semanas más tarde Carballea llevó los papeles y unas monedas al cuartel. El sargento se metió los doblones en el bolsillo; guardó los papeles en una gaveta, y dijo: ya puedes irte; no tienes problemas.

Carballea y su socio sintieron con la soledad del trabajo las ganas de rastrear aquel tesoro. Pero analfabeto, sin costumbre de manosear papeles, no había sacado una copia del plano antes de dárselo a la Guardia en custodia, ni tampoco pudo apuntar las señas del difunto. La familia seguramente nunca se enteró del destino de aquel que había sido su padre, o su esposo, o su hijo. Eso ocurrió por allá, por tierra buena, cerca de la caleta del Mangle. Un caso más en una tierra donde la muerte era una silueta común al paso del caminante.

LOS MUERTOS HABLAN EN SUEÑOS

El por qué murió el oriental está claro. Vino calladamente, no divulgó su secreto sino antes de morir, y por eso nadie podía pedirle cuentas. Lo mató el monte. Dentro de esas ramazones donde al atardecer ya usted no se ve ni las manos, cualquiera se pierde al dar sólo media vuelta. El monte es como un ojo enorme que, pareciendo cerrado, vigila, persigue, ataca, y en cualquier parada, mientras usted resuella y se sacude el sudor, lo pica algún insecto que incluso le puede inutilizar el brazo o la pierna si no va rápidamente al médico. En el Vallecito verá a Modesto Corrales. A los 14 años lo picó una mosca mexicana; se rascó, le brotó una burbujita parecida a la roncha de un mosquito. Y luego fiebre alta, hinchazón, una llaga. Al año y medio sanó y le quedó una cicatriz feísima, como la costura de un saco de azúcar, en el brazo cerca del pulso.

Pero hoy, a los 73, Modesto vive todavía con su mano izquierda tiesa, inservible, jorobada como una escuadra de carpintero o como gancho de carnicería. Un turista mexicano me dijo hace poquito que esa mosca, que no es propia de Cuba, es posible que llegue en las patas de la paloma aliblanca al migrar hacia Guanahacabibes junto con 90 especies más de pájaros. En México curan la picada con hojas de tabaco machacadas. Aquí, los médicos de hoy abren la picadura con sus cuchillas y sacan todo el tejido dañado. Si no Cheché Rey y Matilde y Rosa Cordero hubieran perdido también uno de sus brazos... Y cualquiera perdería la vista si, luego de tocar el árbol del pini piní, o el pinipiniche, y mojarse las manos con su savia, se frotara los ojos... O sufriría una reacción alérgica, hinchándose, si se acomodara a la sombra de una mata de guao, que suelta pelusitas casi invisibles...

En ese monte tan enemigo descansan los tesoros. Y aunque nunca se ha sabido cómo el oriental averiguó el derrotero de sus minas, algunos dicen que reciben la comunicación en sueños. A un amigo mío, de nombre Daniel Borrego, que le llamaban *Martí*, le estuvieron confesando durante tres años los enigmas de un tesoro. En ciertas noches, cuando Daniel se acostaba, lo poseía como un embeleso. Una vez se le apareció la tripulación de un barco y el capitán lo conminó: ¡vamos! Y lo llevaron a un lugar de la costa sur que Daniel en su sueño identificó como la caleta del Piojo, por su arena blanca formando una herradura entre dos puntas de diente de perro, y detrás un uveral. El jefe de aquellos hombres le ordenaba: ¡escarba, escarba! Pero Daniel no *escarbateaba*.

Mucho tiempo después vinieron unos americanos. Partieron del puerto de la Fe, que está en el norte y hacia el este de la península; se bajaron en Bolondrón, embarcadero por donde los leñadores del Cabo enviaban a los pueblos madera y carbón llevándolos a la costa en un *cuche*, ese ferrocarril estrecho, movido a mano, tirado sobre el agua y las piedras. Caminaron hacia el sur como unos cuatro kilómetros, hasta mi casa, y caminaron luego otros cuatro para llegar a la caleta del Piojo. Los americanos habían venido con un negrito espiritista o santero, no sé, que con sus intuiciones los guiaba. Rompieron las lajas de la costa para cavar y, de pronto, como si un viento malo los hubiera enloquecido, empezaron un tiroteo entre ellos mismos, y todos se desparramaron con tanto miedo que les resultó una pesadilla el hallar calma y reagruparse para irse de aquel lugar maldito. El espíritu del muerto, al parecer, los azuzó a la pelea. Esa mina no era para ellos.

El tesoro de la Catedral de Mérida ha sido buscado, rebuscado, y nadie ha podido encontrarlo. Lo enterraron en Los Morros. Y aseguran que para rastrear el punto exacto, hay que abordar una embarcación y desde el mar ubicar una cruz pintada sobre una roca. Debajo está un crucifijo. Un metro y pico de oro macizo y otras locuras. Muchos han vagado mirando hasta con anteojos, pero la pintura de la señal se empañó con el tiempo o es pintura invisible que sólo podrá ver aquel a quien el pirata que la robó quiera beneficiar mediante un manifiesto. Aunque estoy sospechando que el tesoro de Mérida, o la mina de cabo Corrientes como también lo conocen, no está en el sitio donde tanto se comenta.

Me he enterado de que hace años, cuando todavía se entraba por el mar, el cura de Guane registró en las cercanías de la playa de Perjuicio. Nunca, que yo recuerde, un cura entró en El Cabo para predicar. Tal vez hubiéramos sido distintos. Ahora bien, la Iglesia, que tiene una sabiduría muy vieja, podría estar interesada en ese enterramiento, porque de cualquier manera que veamos el problema esas riquezas las sacaron de un templo, y tal vez el cura averiguó algo más y puede ser que el tesoro esté por ese otro lugar y no por donde se afirma con tanta certeza. Aunque hoy se está diciendo que lo escondieron en Las Persipinas, cerca de cabo Corrientes, hacia el farito automático.

Pero en eso de minas no hay palabra cierta, firme. Existe mucha gente interesada en comentar lo que cree u ocultar lo que sabe. Yo me sé cuatro historias distintas del tesoro de la Catedral de Mérida. Pero la más aceptable es esa que cuenta que los españoles quisieron guardar toda esa riqueza en La Habana, que en el siglo XVIII era la ciudad más fortificada de América. En el barco *Princesa de Toledo* embarcaron 640 libras de oro en barras, veinte botijas de barro rebosantes de monedas de oro, muchos candelabros y la corona de la Virgen. Y el crucifijo. Todos de oro también. Avistando El Cabo, varias embarcaciones inglesas empezaron a perseguir a la nave. Ya achicaban la distancia cuando el capitán español comprendió que jamás tocaría a La Habana con el tesoro. Desembarcó en el litoral sur de Guanahacabibes, próximo a cabo Corrientes. Y bajó aquella riqueza. La escondió en el monte. Y siguió viaje pensando volver en momento más oportuno. Pero no entró jamás en puerto. Desapareció en lo que le faltaba de la travesía, quizás bajo la venganza de los piratas, que quisieron así compensar la inutilidad de su ataque.

Argucias de hombres o del diablo

Yo sé a quién le revelaron el derrotero del tesoro de Mérida. Parece haber sido también en
sueños. Pero Manuel de la Maza murió creyendo
que había hecho contacto con una visión del
cielo. Vivía *afuera*, que así llamábamos a Cayuco
dentro de la península; acostumbraba a entrar
en El Cabo con la pública intención de que su
escopeta nunca fallara ante la escurridiza cornamenta de un venado, que es carne de reyes, y
si no fuera porque ahora se castiga a quien los
cace, le demostraría que nunca usted ha comido
mejor bocado. Por eso no critico al viejo Manuel
por su gusto en llevar a su cocina provisión tan
blanda.

Esa noche colgó su hamaca cerca de la laguna
del Valle, redonda como todas las de la península, pues también se abrió con el desprendi-
miento del techo de alguna cueva. El acompa-
ñante de Manuel, que no recuerdo quién era, co-
locó una lona en el suelo para dormir sobre ella.
Al rato Manuel se despertó; se había corrido hacia el fondo de la hamaca, y apoyándose en los
bordes subió el cuerpo. Y arriba, parada detrás
de la cabecera, lo recibió una negra esclava,
gorda, con argollas en las orejas y un pañuelo
rojo envolviéndole la cabeza. No tuvo tiempo ni
para asustarse. Ocurrió muy rápidamente. Manuel oyó a la vieja describirle la ruta de la mina

y comunicarle sobre todo que tenía que compartirla con Ángel Borrego. La aparición se disolvió cuando el otro cazador se despertaba porque algo le había pasado por encima. ¿Un majá, Manuel? A lo mejor, pero duérmete, que mañana tenemos que regresar. ¿Cómo? ¿Por qué? Un presentimiento, contestó Manuel, que no durmió más; aún estaba en la sospecha de que si aquello había sido una pesadilla o una visión, y además la codicia del tesoro empezaba a calentarse entre la duda y el deseo de que fuese verdad. Era uno de los pocos hombres que por estas tierras olvidadas tenía algo de cultura.

A la vuelta se preguntaba dónde hallaría a Ángel Borrego. El apellido abundaba en El Cabo, pero no conocía a nadie con ese nombre: Ángel... Fue raro, casi increíble, que por el trillo apareciera un caminante. Manuel no desperdició el momento, y le preguntó por aquella persona a la cual debía buscar y compartir con ella la riqueza que le habían manifestado. ¿Ángel Borrego, dice usted? Pues permítame decirle que Ángel Borrego soy yo.

--¡Qué casualidad!

Así mismo sucedió. Y Manuel comprendió que lo suyo no había sido un mal sueño, sino una aparición verdadera. Y allí se pusieron de acuerdo para comenzar el rastreo unos días más adelante.

Si habitualmente daba en el cuerpo del venado cuando cazaba, en lo del tesoro se equivocó. Contó el episodio a su familia, y el padrino de una de sus hijas, Pocho Rico, que lo oyó, insistió en ir con ellos. Por pena o porque desconocía las reglas de los muertos, Manuel aceptó. Y nunca fueron. Cada vez que acordaban una fecha Ángel y él, uno de los dos se enfermaba.

El tesoro de la Catedral de Mérida por eso continúa oculto, mientras todavía cierta gente tantea hasta con detectores de metales el hoyo o la cueva donde lo sepultaron hace más de doscientos o trescientos años.

Eso es lo que he oído. Y uno se cansa a veces de recordar los cuentos que parecen inventos de quienes, por conveniencia o por ignorancia, confirman cualquier rumor, aprueban cualquier estupidez. Porque hubo personas en El Cabo que cuando llegaba un extraño con planos o con leyendas, le agrandaban la posibilidad con nuevas historias. Algunos querían ganar amigos, contar con un protector en el pueblo o en la ciudad, por si les hacía falta consultarse con el médico; ellos o sus hijos.

Yo he dicho que, en efecto, en El Cabo existe la oportunidad de hacerse rico con una de esas fortunas escondidas aquí por la piratería. Pero resulta muy duro aceptar tantos datos que se igualan a cosas del diablo. O a cosas de hombres que imitaron en sus argucias al diablo. Por esa razón tal vez yo nunca haya visto un tesoro así, al desnudo, sin enredos de espíritus. Nadie se ha fijado en mí para beneficiarme. Es asunto de suerte. Ya sabe usted que jamás he podido ver otra vez aquella tapia en la playa de Perjuicio. Y no soy el único cuyos ojos se han despistado. No se acuerda del nombre, pero alguien entró en el monte con el propósito de hallar una mina sin papel, sin rumbo, buscando según la inspiración le indicara. Topó con una cueva, penetró y de-

lante, en el salón principal, vio un majá encha-
pado en oro, dos diamantes en las cuencas y la
boca abierta y atragantada de dinero. Se introdujo unos pies más y chocó con dos botijas repletas de alhajas y monedas. Tomó unas para mos-
trarlas de prueba, y al salir un pájaro negro le
saltó a la cara aleteando y cantando ca-o, ca-o.
Corrió. Y a pesar de que había dejado la camisa
allí, porque la creencia asegura que si se deja alguna pieza de vestir se conserva la memoria del
escondrijo, nunca más se acordó del camino hacia aquel hueco.

Nadie lo había llamado. Esa es la verdad.

Huesos con una cabeza chiquita

Las cosas de la vida tienden a enredarse. Unas veces por ojos que ven demasiado, y otras por ojos que no ven. Y también por oídos que oyen lo que no suena sino en la cabeza y contagian a los que están al lado. Eso le pasó al Mallorquín, cuando entró en el monte con Daniel Borrego y Emilio Arocha. Fueron a montear. Para montear uno se subía al hombro una alforja con un poco de malanga y alguna ración de *echamemás*, ese dulce que se hacía con huevas de caguama y no se pudría; me refiero al huevo sin cascarón que está dentro del animal, el huevo en rama, y se batía con azúcar como si fuera a hacerse una tortilla. Y llevaba además consigo una pihuela, y los perros, que iban oliendo a los puercos jíbaros. Son expertos en dominarlos y en descubrir puercas paridas; los amontonan a fuerza de ladridos y de enseñarles los colmillos sobre un gruñido amenazador, pero sin morderlos, porque el perro no puede ser agresivo. Ladrar, alardear, asustar. Eso sólo se le exigía para que fuese útil. Perro bravo, mordedor, se despachaba pronto a resecarse al sol sobre el diente de perro de El Cabo. Y así, cuando uno lograba aglomerar a su cría, los identificaba por las marcas que le había hecho antes de echarlos a ganarse la vida en el monte. Y les daba maíz, muy próximos a ellos, para que se acostumbraran al dueño y no se encariñaran con el salvajismo.

Esa noche armaron sobre el techo de una cueva sus *tarimbas*, como decimos a cuatro palos puestos en tierra y con una lona o una yagua encima para colocar las cosas del viaje. Había dos cuevas: una enfrente de la otra. Aquella, grande, larga, y al final se le notaba una claraboya, y la de ellos, pequeña. Le digo cueva, porque casi me he olvidado de cómo los monteros de Guanahacabibes clasificaban las grutas y cavernas. Cuando se referían a una cueva ancha, larga, decían *camalote,* y si pequeña y seca, *cuevacho,* y simplemente *cueva* a las que tenían agua.

Estaban en la zona de El Miedo en *tierra buena*, porciones de suelo donde se puede sembrar entre tantos pedregales que se apoderaron de El Cabo desde su antigüedad. Acostados, después de comer, oyeron un tintineo. El Mallorquín dijo ¿oyen cómo suena dinero? Los tres lo oían. Al menos se les figuró oírlo. Daniel, habituado a que le soplaran tesoros en sueños, dijo tranquilamente.

-Vamos a dormir; mañana lo recogemos.

Bajaron y registraron la cueva. Entonces uno se atascaba hasta la cintura en la mierda de murciélago. No había ni un centavo ferrumbriento. Entraron luego en la mayor. Y hallaron un susto que les puso el pecho a respirar cortico. Unos huesos blancos, desgastados, junto con una cabeza chiquita. ¿De quién? ¿De un indio, de un pirata, un fugitivo? Sólo Dios lo sabe. En El Cabo la muerte era una sorpresa entre los misterios del monte y una alternativa en las pasiones de los hombres.

EL REGALO NUNCA HALLADO

La suerte no es del que la busca, sino del que la encuentra. Algún día le voy a presentar a Manolito Piña. Vive ciego en Cayuco, y él podrá contarle cuánto lamenta su ceguera, porque ya no está en condiciones de continuar detrás del tesoro que un día le regalaron. Y sabe donde está, pero nunca ha podido llegar.

No, miento; sí llegó... Era jovencito, tal vez quince o dieciséis años. Su padrino, Gervasio Borrego, tenía ese tesoro ahí, y no se sabe por qué razón nunca lo había sacado de La Jocuma, una cueva del sur con la boca hacia el norte; ni tampoco se ha oído cómo se había enterado de que allí dentro seis botijas -tres que rozaban a un hombre por la cintura y tres un poco más abajo- esperaban en la oscuridad que alguien las vaciara de la tentación incurable del dinero. Un día Gervasio Borrego amaneció dispuesto a zafarse aquella inquietud. Y le regaló el tesoro a su ahijado.

Manolito y su padre salieron a buscar la cueva. No bastaba con la autorización del padrino. Había que hallarla. Porque el que usted posea un derrotero no significa que la riqueza pase a su poder con tanta facilidad como en un banco con una libretica. El monte no regala nada; hay que quitárselo con astucia; destaparle sus pistas falsas, sus dobles fondos, esa trastienda malvada

que se ríe de uno si uno se acobarda, o se deses-
pera. La Jocuma tiene una dificultad: la puerta
está tapiada con piedras, piedras calcinadas,
que hay que desbrozar con una barreta. Sólo una
mirada hecha a las esquivas de El Cabo puede
adivinar la hendija que indica por donde la
gruta se abre. Los Piña la encontraron. Gervasio
les había dicho no se asusten si cuando entren
en el salón principal ven una luz que cae a
plomo; es una claraboya. El padre, sin embargo,
no quiso entrar con el muchacho. Tal vez sintió
miedo por todo el espiritismo que envuelve a
esos tesoros, y quién podía saber si una maldición le desgraciaba la vida a su hijo. Volveré solo
más tarde, dijo. Marcó el punto. Y regresaron.

Manolito todavía recuerda el viaje de vuelta
por el pasmo de alegría que le provocó haber
matado a una jutía con la escopeta del padre.
Pero cuando el viejo Piña viró para acabar de
resolver el problema de cómo entrar, no dio con
el paradero de la cueva. Allí estaba la jocuma,
mostrando el mordisco que le había dado con el
machete; veía incluso las lajas que ocultaban la
entrada. Pero la cueva no aparecía. Se acuclilló;
encendió un cigarro para intentar calmarse y
tantear de nuevo aquella pared de rocas y raíces
y hojas. Nada. Ni nadie que la haya visto una
vez y luego regresó con los instrumentos para
forzarla, ha podido repetir el descubrimiento. Y
han venido buscadores hasta de La Habana.

Manolito está tranquilo, aunque inconforme
por esos ojos que se le negaron hace poco a seguir
viendo. Tal vez ahora vea más claro desde aden-
tro los misterios de la vida. Pero ese que le regalaron nunca lo ha podido explicar. Su padrino le

dijo antes de morir si no es para ti, olvídate que nadie lo encontrará. Pero de qué le sirve. Él tampoco. Y algunos se preguntan si, al final de todo ese cuento, no vino la maldición dejándolo ciego, porque el padre no permitió hacer al hijo lo que el hijo tenía que hacer solo.

El llanto de un niño donde no había niño

Ciegos no estábamos nosotros la noche en la que, en casa de Manolo Borrego, acordamos salir *a playar*. Estábamos en el mes de mayo. Hasta el de agosto, las tortugas vienen del agua para enterrar sus huevos en la arena. Éramos tres o cuatro. Íbamos por toda la costa y vimos en la punta de Perjuicio algo como un farol encendido. Y digo miren a ese comerraspas pescando a cordel. Pensé en algún vecino. Faltando medio kilómetro para subir del todo, la luz se desprendió y viajó al medio del mar, y regresó y se posó en el mismo sitio de antes. Los que andaban conmigo se erizaron; un corrientazo los tocó de los pies a la cabeza. Es la señal del miedo cuando el cuerpo entra en contacto con algo misterioso. Quise subir, porque a mí hay que pelarme, y ellos que no, no, pero si ustedes son hombres, y yo para arriba... Pero no pude. Me paralicé. Yo que, en ciertos días, no creo en muertos, ni en velas. No dudo que quizás ese sea el fantasma de Perjuicio buscando a su hijo asesinado. Cuando un hijo muere, a uno le parece que la muerte no existe. O acaso el pirata sale para avisar con su luz dónde ocultó su tesoro. Le dije que en ese mismo lugar de la playa de Perjuicio vi una tapia aquella vez cuando yo estaba costaneando. Luego no la vi más.

Como le digo una cosa, le digo otra distinta.
No creo en lo de la cueva de la Sorda, un kilómetro aproximadamente al norte nordeste del faro
Roncali. Pocos se atrevían a entrar. Las luces se
apagaban en su interior, tal vez porque había
muy poco oxígeno. Se cuenta que en sus ramales
habitaban dos muchachas cuyo padre, un pirata,
condenó a custodiarles sus cofres. Y por un pacto
con el diablo, las convirtió en majá y en cocodrilo. Quien las desencante, y eso yo no sabría
cómo hacerlo, hallaría el tesoro. Realmente
nunca me he decidido a comprobar esa historia.
Los encantamientos saben a cosa de libros para
muchachos. Y, además, porque hay una dificultad. Usted no sabe lo que es explorar una cueva
hasta el fondo. Tiene sus riesgos. Y si usted des-
conoce la malicia para burlarlos, puede que-
darse para siempre en la oscuridad. Y un día,
quién sabe dentro de cuánto tiempo, alguien encuentra sus huesos sin poder imaginar la angustia con la que usted murió. Hay que entrar llevando guantes, alcohol, luces, machete, cuchillo,
y sobre todo una pita amarrada a la cintura, porque si se le apaga la linterna, uno regresa por el
hilo que ha ido dejando atrás. Hace poco murieron tres buzos en una cueva submarina de la ensenada de Juan Claro. Olvidaron ese detalle. Se
metieron en ella sueltos, despreocupados. ¡Mire
usted las sorpresas de la confianza! Lo habían
hecho mil veces. Eran muchachones que estudiaban el sistema de cuevas, grutas y cavernas
de Guanahacabibes. Fuertes. Con escuela. Pero
yo he aprendido que el hombre en la vida debe
cerrarle sólo un ojo a la confianza. Y mantener
el otro abierto. Mirando. Comprobando.

Porque, para Él, vence cualquier duda lo que uno ve propiamente; mas a lo que le cuentan uno debe darle muchas vueltas para aceptarlo. Ahí, en esos recovecos donde el sí y el no se emparejan o se cruzan, está el punto que por momentos lo afinca en la creencia de que los fantasmas son sólo palabras. Yo podía no creer en el tesoro de la playa de Los Musulmanes. Dicen que unos piratas echaron al agua su dinero y que uno de los cofres, envuelto en cadenas, sube a la superficie, y cuando alguien va a buscarlo, desaparece. El nombre de la playa de Los Musulmanes no recuerda a bandidos con esa religión. En el siglo XIX se llamó en Cuba de esa manera a los bandoleros de las costas, porque se hacía un parecido con los piratas árabes que aterraron el mar Mediterráneo no se cuántos años atrás. Eran como bandidos de agua y de tierra.

Si alguien tuvo una visión y la comenta, uno puede creer que engaña, que busca divertirse a costa de la ingenuidad de otro. Pero en ciertos detalles que he visto me pregunto si el hombre no sigue viviendo en sus huellas, en sus ruinas. Y en una hora de cualquier día resurge...

Y quién en definitiva sabrá la verdad, si uno por momentos cree no creer en nada, porque para eso ya aprendió a leer, y oye la radio y ve la televisión. Pero otro día uno dice me abstengo de no creer, de decir algo absolutamente negativo. El que ha visto una candela y luego no hay candela donde la vio, y ha oído el llanto de un niño y no hay niño donde oyó el vagido... Como aquella noche en Caleta Larga; la pasó detrás de una luz en la ensenada de Guadiana, donde se pudren los restos de un barco antiguo. Iba en un lanchón hacia el puerto de La Fe, al norte de Cuba, donde todavía puede existir gente con apellidos ingleses, porque lo habilitaron para que los marinos de los barcos de guerra americanos se divirtieran con mujeres. Y apareció, digo, la luz. Pudo ser un fuego fatuo; cambiaba, sin embargo, de rumbo. Transcurría agosto. No había viento. Y él detrás, detrás, sin alcanzarla. Cuando arribó a puerto comentó el incidente, y el jefe le dijo que había sido un comemierda, pues esa luz aparece allí y usted debió mantener su rumbo en vez de ponerse a jugar con ella.

Lo que yo vea en El Cabo no se me olvida jamás; me lo fijo en la mente. Y si lo vi le aseguro que es porque lo vi. Y cuando uno ve y después ya no ve lo que vio, llega la duda a obligarlo a andar con cautela y no negar o prohibir por aquí no se pasa, como hace una pared. Aún me mortifica el recuerdo de aquella sepultura. Fue en el año de 1950. Arreaba una punta de puercos, y vio una tumba, y pensó que allí había muerto o habían muerto a un infeliz. Llegó a la casa; se lo contó al padre. Y regresé a buscarla. Rastree todo el punto, piedra a piedra, por un lado, por el otro. Pero no la encontré. Era larga, con una lomita de tierra; yo sé lo que es una sepultura. Se me quedó grabada...

Y ahora le voy a contar algo peor. Sucedió más para acá, más reciente. Una noche había una maniobra militar por El Cabo. Dos o tres compañeros teníamos que ir a La Bajada, donde hay un puesto de guardias de fronteras. Empezamos a caminar; apenas veíamos el trillo. Caminamos. Caminamos... Y La Bajada no aparecía. Se acercaron incluso a Uvero Quemado. Y se supone que de Uvero para acá esté La Bajada. Allí en Uvero Quemado puso el Che Guevara un campamento para rehabilitar con el trabajo a combatientes que se equivocaban. Hacían carbón, plantaban árboles, aplanaban caminos. Un trabajo que te secaba las tripas. El que no mejorara como hombre con tanto rigor, en una tarea tan útil, tan creativa, que trataba de arreglar la sociedad y la naturaleza, era porque no servía para nada, y lo de la Revolución sólo le salía o le entraba por la boca. No se puede pasar por ese punto sin recordar al Che. Todavía permanecen, medio en ruinas, algunas edificaciones, incluso el cuartico donde él dormía cuando se tiraba en una avioneta para hacer su visita. Yo lo conocí un día en el que lo encontré en Bien Parado con el *yipi* atascado. Ayudé a sacarlo. Y luego los llevé a la fonda de Espinosa, en el valle de San Juan, a almorzar. Había arroz, malanga, y un trocito de pollo. Espinosa quiso dejar la carne para el Che. Y él dijo que no: que era para todos. Y obligó a ripiar aquella viruta en el caldero de arroz. No comimos pollo, pero sí decencia, compañerismo...

Aquella noche que le decía pasamos por Uvero Quemado, buscando La Bajada, y seguimos caminando. Y vimos cerca de la costa, en la ensenada de Corrientes, un barco pintado de negro, con las luces de popa encendidas; las luces de fondeo. Yo dije como hay una operación militar es posible que esté fondeado ahí el barco. Pero al minuto nos dimos cuenta de que no podía ser; no hay calado para que ese barco estuviera anclado allí. Llegamos a La Bajada, después de virar hacia atrás, como a las cuatro de la madrugada. A la vuelta, el barco no estaba. Y pensándolo bien, no podía estar. Qué vimos. Ah, yo no sé; vimos un barco. Negro. Pero, en realidad, ¿era un barco?

LA LUZ DE LA DESGRACIA

Qué pudieron ver Tomasa Santovenia y su marido aquella noche en la que cayó la desgracia sobre la casa de Anita y Pepe. Tomasa vive todavía para contarle a usted los detalles, si es que sus oídos necesitan que alguien les confirme cuanto oyen de mí. Aquella noche la mujer y su marido iban para su casa; venían de una visita, y al pasar por el bohío de Anita y Pepe vieron una luz fuerte, como colgada del guano del techo. Pensaron que Eleno ya había vuelto de su cita con una novia y que los viejos estaban levantados aún. Decidieron entrar y demorarse conversando un rato más.

Dentro, los dos viejos dormían y roncaban. Sobre el fogón, el almuerzo de Eleno para el día siguiente: un *chiquito*, que se hacía con dos galletas de corte, anchas y profundas, y mientras más viejas más sabrosa, y en el medio lascas de tocino frito, como un emparedado. En El Cabo no se almorzaba entonces otra comida.

Eleno regresó más tarde. Y luego, hacia las dos de la madrugada, se marchó para el trabajo en un corte de leña, eso que hoy podría llamarse una unidad forestal. Pero nunca más apareció. Nadie lo vio en el corte, ni jamás en ningún otro lugar. Con los años fuimos sabiendo que lo había hecho desaparecer un tal Manolo Rodríguez, encelado, porque era el marido de aquella novia que con tanto secreto, según se creía, Eleno iba a ver ciertas noches en las que apenas dormía. Frente a su casa estaba el hoyo del cual el pirata Juan Sierra sacó su dinero cuando fue a unirse con Antonio Perjuicio. Zona rara. ¿Eh? Y para Tomasa, esa luz que vieron ella y su marido en la casa de Anita y Pepe anunciaba la muerte de Eleno. Era un aviso. O una marca. Un signo.

En El Cabo las cosas extrañas se ligan, se confunden. Unas veces se ven asociadas al dinero, a la ambición y la ilusión de ciertas personas; y otras veces toman cuerpo para inmiscuirse en la vida de la gente. Quién podía estar interesado en avisar a Eleno de muerte tan cercana y tan inesperada. Y si de verdad le querían avisar, ¿hubiera podido él leer aquella luz, interpretarla como la señal de su desgracia? A lo mejor.

La misma Tomasa cree, en efecto, en ese aviso. Pero ella no pudo saber en aquel instante que la luz presagiaba tragedia para los habitantes de la casa donde iluminaba verdosamente y como un sol. Quizás si Eleno hubiese llegado antes de que la pareja se fuera, el infeliz se habría enterado de la existencia de la luz y habría sacado, ayudado por la imaginación de Tomasa, una cuenta para él más clara. Porque podía suponer que el marido engañado cavilaba la forma de cobrarle el gusto que Eleno se daba con mujer ajena, en el patio, muy próximo a la manigua, donde ella, a ratos, se demoraba más de lo necesario fingiendo recoger la ropa que había lavado al atardecer. Ese robo en El Cabo no se perdonaba. Antes que cabrones, los maridos de las mujeres de por aquí preferían convertirse en asesinos anónimos, pero vengados.

Esa luz pudo haber sido cualquier cosa; un fuego fatuo. Pero hay otras muestras que te obligan a pensar que si las tragedias no se avisan a los vivos, salvo que un vivo las vea venir, sí hay muertos que desean que su desgracia, su dolor, sea conocido. La misma Tomasa cuenta, por casualidad, que una de sus hijas estaba monteando acompañada de su cuñado, una noche, hace como dos años, y pasaron por la playa de Antonio, donde habitaron tres negros en épocas de la colonia. Cada uno tenía su tinajón con dinero. Y dos se pusieron de acuerdo para matar al tercero.

Al pasar por allí, donde se había fraguado el asesinato, oyeron unos quejidos muy dolorosos y partieron enseguida hacia el lugar de donde provenían, pensando que podía ser el marido de la hija de Tomasa, pues habían quedado en verse ahí. Caminaron rápido, oyendo en todo el trayecto los quejidos cada vez más altos, hasta volverse gritos. El último fue ay, Dios mío, como si al hombre le hubieran quitado, de un halón, el alma.

Con ellos vivía Polo Acanda, ya un viejo, y cuando le contaron el encontronazo con los quejidos y gritos de alguien al que le hubieran estado haciendo algo malo, Polo les confirmó que aquel era el sitio de los ranchos de los negros, y les dijo para mí ese es el negro que mataron y que aún pide justicia.

LUIS SEXTO

LA VISIÓN DE LÁZARO EL PERDIDO

Nadie le avisó a Lázaro de la desgracia que le pintaría un tatuaje de amargura en el alma. Era entonces un niño. Y quién iba a desear mal a una criatura de diez años que apenas le calentaba el cerebro el descubrimiento del paisaje, de la gente. Casi no sabía nada del mundo. Fue a pasarse unos días en casa de un tío, en La Machorra. Y las primas lo enviaron una tarde a La Bajada, a comprar azúcar. Por el trillo costero le salió una iguana, y él empezó a correr delante de bicho tan feo y tan raro. La iguana, detrás. Pero el animal buscaba el monte. El niño no lo sabía, y se metió en el bosque delante del reptil, que se escabulló entre las piedras. Y Lazarito, de pronto, se halló sin compañía, y sin saber hacia dónde caminar para volver al camino pegadito al mar.

Dio vueltas. Más vueltas. Lloró. Gritó. ¿Puede usted imaginarse la angustia, la desesperación del muchacho? Solo ante lo desconocido, en la edad en la que uno anda en tres pies: los dos de uno más la mano de papá o mamá. Esa noche se durmió en una cueva, mojándose los labios con sus lágrimas. Al otro día, siguió caminando, sin rumbo. Tuvo hambre, y comió semillas de jocuma, que comió al otro día, y al otro. Y tomó agua fría y blanca de las cuevas. Pasaron seis días.

Ya la familia había denunciado la desaparición a la Guardia Rural. Y los guardias, era por el 1940, detuvieron al tío de Lázaro bajo sospecha de haberlo secuestrado. El suceso recorrió El Cabo. Muchos rezaban. Y algunos prometieron no sé cuantas promesas de fe.

Lázaro, a quien desde entonces apellidaron el perdido, hasta hoy, no podía más. Las niguas se le habían alojado en los pies, que sangraban. La cara, hinchada por los mosquitos y jejenes. Anduvo hasta un colmenar. Allí se sentó. Y tuvo la sensación de que ahora sí iba a descansar, descansar... El trac trac de un hacha lo despabiló.

Era Catalino Hernández trajinando en un horno de carbón. Él también había oído el chas chas del que rompe monte. Y se dijo un venado, lo voy a coger. Anduvo sin que las piedras se enteraran de su paso. Y más allá, ahí, estaba el niño.

Se lo echó a la espalda. Lo sacaron *afuera*. El doctor Ignacio Duarte, de Las Martinas, lo revisó, lo curó. Persona generosa aquel médico que no cobró, y mandó también a que le dieran un caldo de gallina vieja. El niño se desmayó al tomarlo.

Lázaro creció en el abandono de El Cabo y en el trabajo brutal que lo arrastraron a la mayoría de edad antes de criar pelos debajo de los brazos. Parecía haber olvidado su agonía. Pero, algunas noches, se ponía a contar los sucesos de aquellos días que le habían marcado una impresión de tristeza, de timidez, en la cara. Y hablaba de una señora, de que si no llega a ser por esa señora él se hubiera muerto, porque cuando ya pensaba dejarse morir, entregarse al sueño de una vez, la señora venía y le traía agua en unas hojas grandes, y le acomodaba los pies. El niño tenía miedo. Le huía; pero ella siempre se le acercaba.

Hoy, Lázaro, que ya está enfermo, niega que haya visto a una señora; dice que fue una gran luz que todas las noches le sobrevolaba la cabeza, como un cocuyo gigante. Al parecer siente ahora vergüenza de contar esa visión en la que ya muy pocos creen. Pero sus hijos se hicieron hombres y mujeres oyendo hablar de esa señora. Y los vecinos envejecieron escuchando así la historia. En realidad, la fantasía de Lázaro, siendo niño, pudo inventar esa imagen al recordar momentos de tanta desesperación. O vio esos espejismos inspirado por el terror. Vamos a pensar razonablemente. El monte ayudaba. Y sin dudas ha ayudado a gestar mil visiones, tantos aparecidos. No le he hablado de la laguna de Pozo Azul, redonda como un plato, con aguas azules. Pues nadie iba allí a bañarse. Porque se creía que salía un animal desconocido. Y más tarde dijeron que era un güije; sin pelo y con una cola parecida a un peje. Sacaba la mitad del cuerpo fuera del agua y como que se reía de las personas, y luego se zambullía. Casualmente, ahí murió del corazón uno de los hijos del que mató a Urbano Borrego y cuyo nombre yo no puedo repetir, porque los hijos que quedan vivos me pueden venir a preguntar por qué yo digo lo que ellos piensan no es verdad ¿Habrá muerto aquel por miedo, del susto?

Nada asusta tanto como la oscuridad y la confusión del monte. Ahí habitan todas las deidades de la miseria y la ignorancia.

CRÍMENES NUNCA NOMBRADOS

LUIS SEXTO

LA MALDAD HACE MUCHO ESCÁNDALO

El Cabo permaneció hasta la Revolución siendo una isla dentro de otra isla. Tierra fatídica. Tentación. Cuartel. Escondite. Era un revoltijo donde el montero y el carbonero radicados en Guanahacabibes para subsistir con el trabajo -porque entonces les era imposible hacerlo en otra parte-, o para ocultarse de una decepción o de un mal recuerdo sentimental, se topaban de improviso con la figura enigmática, escurridiza, de alguien que huía de un crimen nunca nombrado, pero imaginable. Eso le ocurrió a mi padre. Lo vio en un trillo; papá lo saludó: buenas noches. El extraño no respondió. Y mi viejo, que era arrestado, le gritó: ¡al coño de su madre! El otro devolvió saludo tan provocador con una réplica de macho que sabe que el hombre lo es mientras respire, y por tanto se atuvo a su papel: ¡Paso a la suya! Y papá corrió a la casa, y tomó su escopeta de dos cañones.

El extraño estaba todavía allí; tieso, sobrecogedor, como estatua de cementerio. Mi padre lo presionó. Oiga, amigo, le dije buenas noches; quién es usted. El individuo, metiéndose en la manigua, contestó: un hombre que huye... Papá tuvo que gritarle a aquella sombra que apenas era un murmullo de hojas y hierbas en su estampida: Yo vivo por este rumbo, si quiere puede ir a mi casa; va a encontrar cuatro, la última es la mía. Eso le gritó papá.

Las casas de El Cabo no eran como las que hoy habitamos en los edificios del Vallecito, al borde de la carretera. Se construían generalmente sobre pilotes, con piso de tablas, techo de guano. Viviendo alto, no tan alto, a unos 50 centímetro, esquivábamos la visita de iguanas, majás y otros bichos, señores irrespetuosos de la humedad y la espesura. En muebles rústicos, hechos de palos, descansábamos el cuerpo. Le digo de paso que quien vivió muchos años en El Cabo pena hoy por volver a la vida montuna, sin compromisos de vecinos que se tienen que cumplir en el palomar de los edificios. La gente es malagradecida, mas yo comprendo sus razones; qué puerco jíbaro no regresa al monte, qué tortuga no retorna al mar. Quizás nuestros nietos cojan el gusto por esa comodidad que a nosotros se nos figura estrecha, fuera de lo normal, aunque te traiga el agua a la casa y el excusado esté también dentro para que nadie ajeno tenga que enterarse de los ruidos y los olores del vientre de uno... Los de La Bajada viven de manera distinta. Es la única comunidad, salvo el caserío del faro, que se mete en lo grueso de la península. A orillas de la mar y en casas independientes de madera en cuyo patio roza el monte más tupido. Pero con escuela, médico, tienda.

Donde más familias se reunieron antes fue en La Jaula, que un día supo es el centro geográfico de la Península. Había muchos puntos habitados, pero con las viviendas separadas, distantes unas de otras. Todavía se acuerda del nombre de esos sitios animados, nombrados por la presencia callada, sin prisa, de hombres y mujeres que, muchos, no habían visto nunca ni el faro Roncali, levantado en 1850, con piedras de sillería, cortadas a mano por esclavos allí mismo, en una cantera que todavía perdura como un redondel de circo, y puestas una sobre otras con la paciencia de 19 chinos, entonces recién llegados a Cuba, en otra forma de esclavitud: firmando un contrato del cual uno nunca puede safarse, porque siempre debe algo. Él mismo contempló el faro, como embobado, por primera vez, a los 17 años. Ya después anduve con más soltura. Y fui aprendiendo la geografía, el nombre dado por la gente a los recovecos de El Cabo, durante una historia habitualmente ignorada, aunque despierta en los alumbrones de la memoria antigua que campaneaba entre atisbos, ideas y rumores. Son varios, compañero, los lugares donde los habitantes de Guanahacabibes, sin ríos, sin lomas, sin tierra donde sembrar, amparaban su soledad. Puede recitarlos en una retahíla armónica. Hace unos 15 años, en un viaje a Guane, conoció a Lázaro Prieto, trovador y cuentero que, con una marímbula que llamaba su acordeón terrestre, entretenía a la gente de esa zona durante los velorios. Uno de sus números consistía en recitar el nombre de todos los pueblos del país que antes aparecían en los boletines de ómnibus. Desde ese día, quise hacer lo mismo con los de la península. Y oiga que son Los Yayales, Marrero, La Ceiba, Guayacán, El Vallecito y Valle San Juan;/ Tapaste, Los Sitios, La Paloma, La Tasajera, El Fraile;/ La Jaula, La Bajada, La Majagua, Limón Chico y Limón Grande;/ Melones, Carabela, Carabelitas, Santa Cruz, Bolon-

drón;/ y Palma Sola, Caleta del Piojo, Los Cayuelos y Las Tumbas. Unos 400 habitantes, en total,
hasta 1959.

Poca gente para tanto lío, ¿no? La maldad hace
mucho escándalo; usted le echa la mano a un
hombre en el suelo, lo levanta, le sacude el polvo
de la ropa, y nadie se entera. Y si alguien lo sabe,
jamás lo comenta. Pero no lo golpee, no lo hiera,
no lo mate; porque lo persigue el ruido, el trope-
laje de mil voces que cada día soplan unas libras
de más a la bola. Claro, lo que yo le cuento son
quizás las libras que le faltan a la verdad.

ANTES QUE UN TRAGO DE RON

Le iba diciendo hace un rato que aquel fugitivo intentó ir a casa, pero los perros le ladraron en el trillo, y no se atrevió a entrar. Papá le aconsejó que no les prestara atención. Y al fin llegó. Y estuvo comiendo con nosotros cerca de una semana, hasta cuando un barco vino a recogerlo. Era un barco desconocido. Aquí sabíamos que la goleta arrimaba a las costas de la Península cada quince días. Eran cuatro. Venía una o venía otra. Y las conocíamos por el atalaje y el nombre de *Fanjul, Oliva, Glenda* y *La Evangelina*.

Me acuerdo de dos fugitivos más, altísimos, finos, con facha de personas que estudiaban. Papá se los encontró un domingo por la tarde. Y, como hacía siempre, los invitó.

Qué hombre papá; permítame decirlo. Se sentía obligado a compartir con todo aquel que hallaba en el camino. Aún le quedaba esa ternura de viejo cristiano para quien el prójimo es todo necesitado a cuyo lado pasa. Ese sentimiento trajo mi padre gallego de su aldea. Aparte de hacer carbón y criar puercos, criaba abejas. Y nos fue trasmitiendo cuanto había aprendido en contacto con la vida del monte, que no habla en palabras, pero se le siente y entiende en sonidos y señales. Papá me decía: cómo se llama este palo: arabo. Y cuándo florece: en mayo. Con el arabo,

encendido, espantábamos los mosquitos y jejenes. Si usted ignora cómo alejarlos es incapaz de
cerrar los ojos, aunque tenga títulos de universidad. Le fui aprendiendo al viejo, y me grabé en
la boca el 90 por ciento de las plantas melíferas
de Guanahacabibes. Cuando él huele o degusta
la miel distingue de cuál floración procede. Y no
es un saber insólito, porque, aunque uno no conozca de flores, hay flores tan mansas y regalo-
nas que se fijan en el sabor desde la primera vez
que uno las prueba. Pasa con la baría, la uva
caleta, el mangle prieto, el almendro silvestre.
La miel de almendro es única; ninguna otra se
le empareja en transparencia, en finura, pero
no busque al cuyá, que ese es el nombre indio del
almendro silvestre, por el resto de Cuba. Su
reino único es El Cabo, como lo es también, le
digo de paso, del peralejo de costa, un arbusto
bueno para carbón y que dejó un hermano jima-
gua en Yucatán. El almendro se empina hasta
cuatro metros, salpicándolo el salitre; le gusta
avecinarse a la mar, quizás porque su madera,
dura, elástica, sirve para perdurar en una existencia sumergida. A mí se me ocurre a ratos que
es como un hombre, apto para tolerar y adap-
tarse al suelo y al tiempo secos, y tener incluso
valor para, en cualquier momento, dar una flor
dulce y clara. Las abejas lo prefieren; en la copa
de un almendro florido usted siempre oirá el
zumbar de un enjambre.

Papá se dio cuenta de que yo lo dejaba atrás en
el trato con la miel y las abejas; me metía en los
colmenares sin protegerme, con la cabeza y el
pecho desnudos; muchas me plantaron su ve-
neno y yo lo soportaba hasta el punto que si hoy

no me pica al menos una abeja en el día, me due-
len los huesos. Viendo eso, cuando cumplí 18
años, el viejo me dijo: ocúpate de las colmenas,
que de los puercos me ocupo yo. Pero era sabio
en todos los seres que nos rodeaban. Y con ese
saber consiguió comida y alpargatas para nosо-
tros; éramos 14 hermanos. Severo, recto; por ratos, duro, y siempre tierno. Vivía asombrándose
del beso de dos pájaros o de las curvas fulminan-
tes de un majá. No comía carne, solamente ha-
rina de maíz, y por comerla tanto, decía, no tenía
canas a los 80 años. Algo quise copiarle, y como
papá prefiero dar de comer a una jutía que beber
un trago de ron...

LA GARANTÍA DEL SILENCIO

Vuélvalo a oír; me gusta repetirlo: a mi padre los perseguidos no tenían que amenazarlo con perjudicarle la familia si no los ayudaba. Eso les sucedió a otros que, apurados por una necesidad, se atrevían a salir de noche por rutas intrincadas, apropiadas para el asalto. A uno de los Santovenia le surgió una voz de la manigua. Llevaba un mechón y del susto lo apagó; la voz le había dicho con claridad que un fugitivo sólo veía dos caminos: recibir la ayuda que pedía o matar.

A aquellos dos de que ya le hablé y parecían estudiantes, papá los invitó; era de tarde, sobre las cinco; los había encontrado cerca del cementerio, y comprendió enseguida en lo que andaban. Ellos aceptaron y prometieron ir a las ocho de la noche. Papá, al oscurecer, nos dijo: a las ocho todos a dormir. En casa había una mesa larga, con dos bancos a los lados. Él se sentó en la punta, cerca de la puerta, con el machete a mano, porque uno nunca adivina de dónde puede provenir el daño. Como un clavo, a las ocho saludaron. Querían trabajar. Trabajo les doy, aunque ustedes no parecen servir para la rudeza. Había qué hacer cortando leña. Por la tarde ya habían soltado el pellejo de las palmas. Y papá, compadeciéndose, les prohibió trabajar más. Durante un mes los alimentó. El tiempo suficiente para que la goleta que los dejó regresara a reembarcarlos.

Jamás la familia se enteró por qué y de qué se escondían. Si el viejo lo llegó a saber, nunca lo comentó. Sólo conocían con certeza que eran hombres que huían. Cuando les tocó partir, el viejo, que no lo era tanto entonces, los condujo al sitio por donde revelaron haber tocado tierra. Tomaron precauciones; les convenía la noche, y por esa causa encendieron una fogata para orientar a quienes venían a buscarlos. Al despedirse le advirtieron a papá que la vida de nuestra familia era la garantía del silencio, pero le aclararon que permaneciera tranquilo: ellos eran gente buena y agradecida.

Esos, por los datos que pidieron para el viaje, iban hacia Yucatán. Muchos de los fugitivos recalaban aquí desde otros países; hablaban con acento mexicano, y por todo lo que uno ha oído ya por el radio y el televisor, también se expresaban con el dejo de Centroamérica.

Hubo un negro. Papá se le acercó, pero el extraño no quiso intercambiar confianza; estaba comiendo un jíbaro asado en una puya y, al lado, mantenía la escopeta recostadita en un tronco. Mi padre no insistió. Este fugitivo recelaba hasta de la caridad. Y podía tener sus razones. Por lo visto, los diferenciaba el móvil. Unos, a lo mejor, eran combatientes políticos esperando que cediera la persecución de algún tirano, o bandidos de esos que ahora llaman de cuello blanco, estafadores, tal vez malversadores; los demás podrían haber sido delincuentes simples, prófugos de presidio.

ENTRE LA SOSPECHA Y EL CELO

Las escopetas no eran para cazar. Aquí no se cazaba habitualmente; a veces alguien de afuera: de Cayuco, o algún rico de La Habana. Si usted quería carne, antojo no muy frecuente, monteaba un puerco de los suyos, siguiendo las marcas de montero que, cuando uno caminaba una ruta por primera vez, iba dejando para indicar el rastro; doblaba una rama, un gajito, y al tiempo sanaba manteniendo la quebradura como señal de que usted ya había andado por ese paraje. Las armas valían para defenderse, o para atacar. Algunos entraban en la península y traían las suyas. Me asusté la vez cuando, siendo niño, un compatriota de mi padre se estableció aquí y en las primeras semanas vivió en casa; sin quererlo le vi en una cajita un revólver Colt calibre 38, con sus balas. Yo nunca había estado tan próximo a semejante armamento y me espanté sintiendo al parejo miedo y gusto. ¡Cómo relucía por el brillo de lo que era todavía nuevo!

No tengo que justificar por qué un hombre colgaba una escopeta de la pared, o portaba un machete a la cintura, o un cuchillo entre la piel y la camisa. Para qué podía tenerla papá si no como garantía de su seguridad ante la presencia de personas que recalaban en las costas decididas a preservarse libres, a continuar vivas; ese tipo de hombre resultaba peligroso, tanto como un ladrón que uno sorprende en casa: mata si antes uno no lo mata o, al menos, lo neutraliza. También los demás imponían cautela a los otros. Entiéndame.

El Cabo nació de la violencia y la violencia nunca lo dejó. El ambiente, el aire, el aislamiento la trasmitían. Celos, sospechas, malentendidos, rencores, mediaban en el roce de la gente, habitualmente mansa, afable, de hablar bajito como bajito cantaban las tonadas a coro. Pero los años de mirar sólo mar, cuevas, jíbaros, carbón los habían puesto semisalvajes, sin escrúpulos ante situaciones en las que había que reaccionar como humanos. Qué le cuento. Lo que le sucedió a Emilio Arocha. Vino desde La Habana en 1942, porque él se creía un aventurero. Y permaneció por esta zona hasta cuando murió, a los 80 años. Pero casi se va del mundo recién llegado a El Cabo. Las relaciones sexuales se daban aquí silvestres: entre primo y prima, parienta y pariente. En la casa donde se alojó, un abuelo abusó de una nieta. Quisieron culpar a Emilio y estuvieron a punto de matarlo. Algo estaba muy claro y eso les enderezó el juicio: Emilio se inclinaba a los machos; usted comprende, ¿no? Esa era su característica, que no digo desgracia, pues si de esa forma le agradaba, quién puede cambiar el cerebro. En fin, asunto de familia el problema. Y poco a poco fue olvidándose; todo se olvida.

Por cualquier simpleza dos hombres de trabajo se mataban. Eso ocurría los domingos, cuando se descansaba. Los gallegos, los asturianos y los isleños que cubrían El Cabo iban a la bodega a beber y a conversar y a jugar dominó con diez fichas. Y de esa liga se prendía una discusión, y del hablar bronco se pasaba a las ofensas, y de los insultos a las amenazas, y del dicho al machete. Entonces los presentes se interponían y quedaba todo en el alarde. Aunque hubo ocasiones en las que nadie más razonable impidió la obra de la venganza, del odio, de la furia. Porque uno juraba matar al otro. Yo presencié un hecho. El hombre partió para su rancho como una bola de espinas, cargó la escopeta y cuando regresaba topó con el otro, que le gritaba tú no matas a nadie, pendejo, y este sí te mato, cabrón, y se alzó el arma a los ojos, tiró y el del frente dio un brinco hacia atrás; pareció una puerta que se abría de un empujón. Y allí mismo lo enterramos. El lugar se llama Caleta Blanca.

La vida siguió con la misma uniformidad, con la misma tranquilidad con la que el tiempo nos caía encima desde el amanecer hasta la noche mientras trabajábamos. No había quién se encargara de exigir cuentas, ni de arreglos de justicia. El ser humano valía menos que un horno de carbón, pues si uno se desvelaba para que el horno no se volara durante la noche y proteger así el sustento, llegado el caso mataba o veía morir a un hombre como si la muerte fuera la solución barata de cualquier lío entre las personas. No deseo desprestigiar a mis antiguos vecinos, a mis amigos de tanta oscuridad. Si me oyeran estarían de acuerdo conmigo en que El Cabo era una selva; y unos hombres eran el león y otros los venados. Dependía de quién apretara

primero el gatillo o descargara el machete, o sor-
prendiera agazapado en la complicidad del
monte.

A ORILLAS DE UNA ZANJA

A Gertrudis le tocó perder. La noche antes, una lancha había dejado los víveres distantes de donde estaba el *corte,* porque la zanja perdía profundidad y la embarcación no podía continuar navegando. El lanchero les avisó en el campamento, diciéndoles que fuesen ahora o mañana temprano. Nadie quiso ir a recogerlos, a pesar de que no había comida. Ni café. Estaban cansados. Pero Gertrudis cogió un farol y dijo yo sí voy y traigo aunque sea el café. De una madrugada sin café no quería él saber. Fue y cargó un saco de 13 arrobas repleto de cartuchos que iban dejando su olor por el monte. Regresaba, y de detrás de un roble saltó Urbano Borrego, que de viejo estaba picado con Gertrudis, porque le había gozado a la mujer. El primer machetazo le rozó el brazo; luego no pudo esquivar más, ni tuvo tregua para halar por su arma. El machete de Urbano continuó trozando el cuerpo de Gertrudis.

Luego regresó al rancho y los compañeros no pensaron que él había salido, al menos nunca pudieron comprobar la sospecha de que el único interesado en matar a Gertrudis era Urbano. Se escurrió por la parte de atrás del campamento, sin que nadie se diera cuenta.

Al ver que Gertrudis demoraba, sus compañeros fueron a buscarlo. La Guardia Rural, que tenía un puesto por allí, no quiso ocuparse del problema; no había barcos para trasladar el cadáver, y ordenó enterrarlo a orillas de la zanja.

Urbano Borrego pasó muchas veces ante la tumba de su víctima con la tranquilidad del que cree que nunca le cobrarán la hazaña. Pero la vida a veces actúa imperfectamente: el pago lo exige aquel a quien nada se le debe. El nombre hay que omitirlo; le dije ahorita que los hijos lo niegan, y son capaces de reclamarme por decir yo una palabra que al menos ellos no admiten que se diga. Lo cierto que la bronca fue por una causa casi de niño. Por eso me he figurado en silencio que algo tenía que cobrarle a Urbano Borrego; las razones verdaderas faltan cuando uno quiere desatar una pelea. Esa mañana llovía y tronaba como si fuera el último aguacero del mundo. Ambos coincidieron en el pozo de un sitio nombrado La Cruz. El hombre le dijo a Urbano que no podía sacar agua; no te presto la soga. Y comenzó la discusión. De pronto, tan rápido como uno de esos fogonazos que se pintaban en la pared oscura del cielo, el hombre mojó su cuchillo en el pecho de Urbano Borrego. Ahí quedó, boca arriba, con los ojos preguntándose que había pasado, cayéndole agua durante un día y pico, hasta cuando lo taparon con sábanas y sacos de yute. Urbano vivía solo con dos hijas pequeñas, porque la mujer se le había ido con otro. Cuando las autoridades llegaron al sitio del crimen, encontraron a las niñitas velando a su padre con la luz de una lamparita de noche.

Lo trasladaron al pueblo de Cayuco, donde lo

enterraron. Tuvo buena suerte, pues tuvo sepultura conocida. Y las de Gertrudis y tantos más, en cambio, están cubiertas por el olvido y el yerbazal.

Hay muchas tumbas regadas por El Cabo. A la gente se le sepultaba próximo a donde vivía o moría, en un ataúd compuesto con tres tablas y dos clavos. Muchos contaban con un velorio. Corría la noticia y por la noche iban los vecinos, alumbrándose con faroles, a dar el pésame y a vivir un momento distinto en la jornada. La muerte, aunque frecuente, no era fiesta de todos los días.

Había un cementerio cerca del faro Roncali, en Los Cayuelos, en la propia nariz de El Cabo. Escaso, como un corralito; no había tierra para más. Todavía pueden verse restos de tumbas, con sus lozas rajadas, con sus letreros torpes enmudecidos por el moho; la mayoría de niños. Porque la gente, aunque mala o bruta, siempre deja un sentimiento limpio para un hijo pequeño. Por eso quizás existía aquí un cementerio: para que el recuerdo de los inocentes no se perdiera cubierto por las sombras y las bejuqueras.

Morían de enfermedad. Y nacían como cachorros de jíbaros. Las madres se las arreglaban habitualmente solas en el parto. Mi mamá cortó la tripa de mis hermanos y mía. La mujer de El Cabo era perita en yerbas; el monte regalaba una botica bien surtida. Los brebajes de cañasanta, ponasí, cáscaras de yaya, cogollo de almácigo, salvia, hojas de uva caleta, y el ungüento de manteca de majá, suministraban la medicina

más necesaria: la esperanza de que unas dia-
rreas, y los dolores de estómago, de cabeza o de
articulaciones eran males remediables por la
misma naturaleza.

La superstición, sin embargo, hacía creer que
Pepe El Güije mataba a los niños para ofrecerle
el corazoncito a Santa Bárbara. Pepe era chiquito, cabezón, con cara de persona y caminaba
sobre dos pies. Un enano en lo físico. Lo demás,
pelos y garras. Invento de esclavos, de negros,
que se aposentaron aquí y que mezclaban las
creencias de África con la de los cristianos.

El silencio de la justicia

Los extraños, los ambulantes, no eran solamente fugitivos; algunos venían a trabajar, a ahorrar un macito de pesos y después volver al pueblo o a la ciudad. Se contrataban en el carbón; cortaban y *burreaban* la leña para armar las pirámides menores de los hornos. Hubo quien no regresaba al punto de su origen, aunque se le veía partir una mañana contento con cuanto llevaba en el bolsillo o escondido entre el pie y los zapatos, cuando un centavo era tan difícil de conseguir como esos tesoros que muchos buscaban y nadie hallaba en El Cabo. El dueño del *corte* pagaba, invitaba al extraño a un trago y, luego, cuando el hombre atravesaba el bosque abriendo una trocha con su machete o utilizando los trillos abiertos por miles de huellas iguales para salir a la civilización, lo emboscaban, lo desaparecían, y el dinero retornaba al patrón sin apenas haberse contagiado con el olor del que lo había sudado.

Sobraba tiempo para escoger el momento y el lugar del crimen. Por lo general, el viaje demoraba siete días hasta Cayuco. El habitante de El Cabo iba una vez al año a comprar una muda de ropa. Y existían pasos que desmemoriaban los deseos del más necesitado, como el farallón de Resguardo; había que pasar sus treinta metros agarrados a la pared, sintiendo la llovizna del oleaje. Las mujeres lo salvaban llevando *jolongos* a la espalda, donde metían a los niños pequeños. Si el mar estaba en época de furia, íbamos por las piedras, pulgada a pulgada; más lejos, pero más seguro.

Tampoco regresaban al pueblo o la ciudad algunos de aquellos hombres de ocasión que, como vestían bien y se afeitaban y perfumaban, embobaban a la mujer del campesino que los empleaba o alojaba. Ella aquilataba la diferencia entre machos, y se dejaba aprovechar. El marido caía en cuenta, pero nadie le sorprendía un detalle que lo indicara. Callaba. Y, por el contrario, se amigaba más al extraño, y un día lo invitaba a montear; lo llevaba al terreno donde él, que no usaba perfumes ni gastaba palabras vanas, era señor competente. El hombre jamás aparecía. Y la mujer continuaba allí, en la casa, porque nadie quería afrontar el dilema de matarla, botarla, o perderla. El marido se acercaba tranquilo, amoroso, regalando confianza, para apartar cualquier sospecha sobre aquel crimen que debía permanecer en el silencio del que había, a su entender, hecho justicia.

La de El Cabo era persona desconfiada. No admitía vivir cerca de otras, porque desde el pasado había recibido la soledad como territorio, en contacto mínimo con sus semejantes. Era, sí, gente afable, y yo creo que no hay contradicción, y si la hay es porque el ser humano está fabricado con piezas opuestas. Era, en un final, gente distinta. Imagínese: vestía y caminaba distinto. Y eso se notaba *afuera*. En Cayuco nadie podía negar que era de la Península, porque al cami-

nar sobre calles aplanadas o asfaltadas, dába-
mos brinquitos; levantábamos los pies. Nos habíamos acostumbrado a andar sobre piedras Y
no le hablo de la ropa. Vestíamos como en un re-
lajo, sin idea de lo que eran los colores, las com-
binaciones. Nos eran igualmente apropiados un
pantalón azul, una camisa amarilla y un par de
medias de listas rojas.

Una bomba debajo del faro

El litigio no se armaba aquí por parecer un pájaro con tantos colorines. Nadie se burlaba de un defecto que uno también mostraba como un maniquí analfabeto. Influían problemas más profundos; habitualmente por zonas de crianza de puercos... Los celos intervenían también en tales disgustos, y a veces no ya los celos, sino la certeza de que este o aquel otro hombre quería o poseía a tu mujer.

Le he hablado de mi padre, y a pesar de haberse dejado influir muy poco por ese ambiente tan duro, amargo, receloso, tan primitivo, intentaron perjudicarlo. Fue Urbina el torrero. Hacia 1933 hubo una situación económica desesperada; no se hallaba dinero para comprar comida. Y en Los Morros de Cayo Piedras, un señor llamado Vicente Soto se dedicaba a pescar caguamas con paños de redes; tenía negocio, y a mucha gente le daba vísceras de esa tortuga gigante; con un ejemplar te llenaba una lata de las que se usaban para envasar manteca o aceite. Y con las tripas elaboraban morcillas. Las huevas se lavaban y se salcochaban. En la misma tripa, doblada como una O, se introducían y se ahumaban. Levantaba las defensas de la cintura, o las ofensas, porque como el macho es el que ataca... Usted entiende, ¿eh? Ese alimento era, como dicen ahora, un afrodisíaco, pero, sobre todo, tranquilizaba el estómago, aseguraba alguna comida.

Y a eso iba papá a cada rato a Los Morros.

Tenía que pasar por el faro Roncali, y Urbina se enceló. ¿Por qué? Nunca hubo claridad. El celo es una fantasía que por lo habitual se agarra de un pretexto, nunca de una mirada razonable. El físico de Urbina era alto, quemado. Y el de papá, ya que me lo pregunta, era superior. Español, de buen porte; de perfil recto como de hombre serio, importante, con personalidad. La mujer de Urbina era bonita; buena hembra, dicha así entre hombres la verdad de aquella mujer. No creo que papá la hubiera empezado a rodear con un perro jíbaro a una presa; me figuro que un ser como él, noble, generoso, que es como lo recuerdo, no respetase a la mujer de otro, aunque ella se le hubiese ofrecido. Algunos de aquellos viejos, por no tocar lo que no les pertenecía, perdían hasta la ocasión de probar comida en mesa ajena. El hecho es que pasó una vez con su lata para cargar vísceras, y Urbina le dijo tengo que hablar contigo. Papá siguió su paso. Y a la vuelta Urbina le repitió, saliendo de su casa de mampostería, oye, cabrón, te dije que quería hablar contigo. Papá se detuvo. Y el otro comenzó a insultarlo con un revólver en la mano. El segundo torrero, Manuel Borrego, se lo quitó, y papá dáselo que él no tiene valor para matarme. Urbina le respondió que lo iba a meter en la cárcel por toda su existencia.

El torrero, que acumulaba dinero y con otro rango social, pues era empleado del gobierno, compró testigos y lo acusó de haberlo sorprendido abriendo un hueco debajo del faro para poner una bomba y matarlo a él, el farero. Le pedían 52 años de prisión.

Unos días más tarde vino la Guardia Rural. Y condujeron a papá hacia Arroyos de Mantua, el puerto de ese pueblo en el norte, cerca de Guanahacabibes. Llorando por la roña, en la travesía, mi padre dijo a la pareja de guardias que eso era una injusticia. Ellos respondieron cállese la boca, dése cuenta que estamos pasando por Las tumbas de Noronha y no nos cuesta ninguna molestia echarlo al agua para que se lo coman los pejes.

En el juicio, el juez interrogó a Urbina, que explicó su maraña. Llamaron al primer testigo, una mujer. Manifestó haber visto a mi padre excavando a las dos de la madrugada. Señora, preguntó el juez, qué hacía usted a esa hora asomada a la ventana; ¿tenía un enfermo, esperaba a alguien? Dígalo sin abochornarse. La mujer bajó los ojos y se partió en llanto. El juez, en el momento, absolvió a papá. Comprendió que aquello era un lazo, un falso testimonio concebido por el odio o los celos.

Pero a mi padre se le presentó la ocasión de vengarse. Y no lo hizo por ser hombre generoso, como le he dicho. Pancho, sobrino de Urbina, se suicidó en el cuarto de su tío. La habitación estaba cerrada con llave. Al parecer, Pancho se sentó en la cama y se dio un tiro en la cabeza. Los sesos volaron al techo y el arma cayó debajo del escaparate. El Juzgado vino; el torrero y el faro era un asunto distinto, dependían del gobierno. El investigador creía imposible que alguien se matara a sí mismo con una escopeta;

sólo poniendo una horquetica para hacer descansar el cañón podría uno dispararse. A mi padre, que estaba allí y que todos respetaban, le preguntaron su opinión. La pareja de guardias le recomendó aprovecha ahora, te toca el turno; lo que tú digas eso hacemos. Ya estaban suponiendo como sospechoso a Urbina. Mi padre respondió que él siempre se colocaba del lado de la verdad y les voy a demostrar que uno si puede matarse con una escopeta. Y la cogió, se sentó en la cama y se fue encañonando en la cabeza, el pecho, la barriga, la ingle...

Mucho después, Abadesa, una muchacha de El Cabo, se suicidó de la misma forma. Aún da lástima. Estuvo 13 días insepulta en Los Cayuelos; los familiares esperaban al Juzgado o al médico. El cadáver se hinchó, se reventó, y hedía tanto que por allí cerca no se podía pasar. Los cristianos hieden peor que un animal. Cuando llegó el agente de la justicia dijo desata ahí, miró un poco, y ordenó tapa, tapa. Y sentenció suicidio y por cosas de amoríos. Era novia de un hijo de Felipe Blanco, rico de Guane, dueño de un *corte* y una bodega en Guanahacabibes. Se comentó entonces que ya llevaba cuatro meses en estado de gestación. Abadesa era alegre, conversadora; rubia, bonita, con un cuerpo trabadito. Cuando se fue a matar, un hermanito estaba presente en el cuarto y ella le dijo mira qué aura tiñosa, y aprovechó que el niño volteó la cabeza para dispararse. Otros cuentan además que Abadesa apoyó la escopeta en la pared a la que se recostaba la cama, y con el dedo gordo del pie derecho empujó el disparador.

Un bandido y una mujercita detrás

Que yo recuerde ninguna muerte repercutió tanto como la de Rafael Lazo, bandolero a quien las autoridades trataban de no topar en ningún camino, ni vereda. No conocía freno, ni respeto. Llegaba aquí y ante el mejor puerco que veía, halaba el revólver, apuntaba... y se comía el animal. La bala parecía un perro obediente. Y todo el mundo en silencio delante de aquel hombre tan atrevido como un pirata antiguo. Andaba sin campamento fijo; hoy estaba aquí, mañana en Las Martinas. Dentro y fuera de El Cabo. Y siempre, detrás, como lo único estable, una mujercita, muy bajita, a la que llamaban Pepilla.

Una tarde se presentó en un *corte* de leña donde todos eran gallegos; digo gallegos, pero quiero decir españoles como gallegos, asturianos, isleños. Lazo había impuesto una forma de robar sin necesidad de enmascararse y sin hacer ruidos. Con naturalidad. Más bien con frescura. Pedía. Y nadie se negaba. Daba igual. Cogía lo que le interesaba. Y si alguien se le resistía, el valentón jugaba con la posibilidad de perder también la vida. Al dueño del *corte* y de la bodega del lugar que ya no me sé, le exigió 4 000 pesos, alegándole que se iba para México, que ya el barco estaba en la costa. El bodeguero, asturiano él, no quiso entregar lo suyo, y su mente fue más rápida que la del bandido. Cuándo usted quiere marcharse, le preguntó. El lunes por la mañana. Venga el domingo, que le daré el dinero. Era jueves. Y preparó una fiesta, un baile, para el sábado por la noche. Llamó a Quintín y a Andrade, dos negros veteranos que habían venido con Maceo en la Invasión y aquí se quedaron en la paz.

Andrade, en particular, era hombre sin indecisiones, noble y violento a la vez. Hábil con el machete para atacar. Y para defenderse, ninguno de los matarifes de esta zona hacia lo que él: con una alpargata, o un palito, utilizándolos como escudo, paraba los tajos del contrincante. Era el único negro que fomentó familia en El Cabo. Tuvo 12 hijos. Él mismo ayudó a Francisca Paula, su mujer, en los momentos del parto. Y Francisca Paula era una de las poquísimas parteras de El Cabo. Ella había nacido en San Cayetano, por las vecindades de Viñales. El padre compró la libertad de su esposa, pues eran esclavos, y la niña nació libre. Mucho más adelante, la familia, de apellido Álvarez y Quílez, se mudó para Mantua. Y ahí se conocieron Andrade y la que escogió para madre de sus hijos , a los que por las noches entretenía tocándoles el laúd y cantándoles décimas, y de vez en cuando les enseñaba las cicatrices de tres balazos. En Camagüey, los españoles le habían matado al padre y a dos hermanos. A él lo fusilaron, pero quedó medio vivo o medio muerto, y lo remataron con una bayoneta que sólo le sacó un ojo. La guerra de independencia era un recuerdo frecuente en aquella casa de El Vallecito donde, entre tantas violencias, había ternura para los niños y gusto por los animales.

A Manuel Andrade, que murió a los 91 años, en 1953, se le admiraba también por criar venados como animalitos caseros. Yo le conocí dos. A uno lo llamaban Pancho. Tenía siete puntas en la cornamenta. ¿No ha oído usted decir que cada punta de los tarros es un año de edad? Pues parece que no es cierto. Pancho tenía tres años. Uno le ofrecía, qué le diré... un cigarro, toma, Pancho, toma, y venía manso, confianzudo.

Tanto a Andrade como a Quintín se les respetaba; eran temibles; con ellos las palabras no servían para resolver problemas. Y estaban habituados a vérselas con la muerte y con muertos. Comprendieron enseguida el plan del dueño del *corte* aquel, y se juramentaron con el hombre; habría dinero.

No le exagero si calculo que Quintín y Andrade pasaron una noche despalmando sus machetes; los dejaron como navajas de barbero. Y así concurrieron a la fiesta del sábado. El ambiente olía a ron, y a carne de jíbaro, y a *ambuilas*, plátano verde aplastado de un puñetazo, el tachino o el tostón de otros sitios de Cuba. La luz de los faroles no era tanta para iluminar el rancho, pero suficiente para ver en medio del salón al bandolero bailando con su mujercita al toque de una guitarra, un tres, unos bongoses, como tamborcitos, y una marímbula que componían la orquesta. Andrade le preguntó a Quintín quién entra; tú o yo...

Entró, con el machete pegado a la cintura; tocó a Lazo por el hombro y le dijo hágame el favor, venga conmigo afuera un momento. Y afuera se escondía Quintín, detrás de la puerta, que se empujaba hacia el monte de manera que, al abrirla, quedaba cubierto de cualquier sospecha de la víctima, si tipo tan desconfiado estuviera, como les parecía probable, esperando una maldad. Andrade iba delante, y cuando Lazo ya había salido, se viró y tiró un machetazo que el bandido pudo esquivar; el arma quedó ahí mismo: metida en la solera casi hasta el lomo. Lazo, despierto de la sorpresa, fue a sacar su revólver y en eso se le atravesó Quintín, que lo pasó de banda a banda con el cuchillo; el herido sólo alcanzó a decir así me matan ustedes a mí. Y mire si esos negros eran feroces y cómo la sangre los enloquecía, que si no esconden a la mujercita la habrían matado también.

Allí, en Caleta Blanca, está enterrado. Aún permanecen las señas de su tumba; hay cuatro postecitos de guao hediondo, y ese palo es para todo el tiempo; no se acaba nunca.

Muy cerca, bamboleándose en las aguas de Los Cayuelos, anclaba el barco que entonces y nunca más lo trasladaría a México.

DONDE HAY UN NOMBRE
HUBO UN PIRATA

LOS LIBROS NO LO CUENTAN TODO

Los primeros fugitivos de Guanahacabibes fueron los piratas y corsarios. Después, o a la vez, los esclavos, pero estos apenas dejaron el recuerdo de su paso sigiloso, desconfiado, por la península. Quizás allí, en la laguna de los Negros, tan redonda como una rueda, permanezca parte de lo poco que habla aquí de su presencia: el nombre de ese ojo de agua en cuyas márgenes afincaron un palenque de cimarrones y gozaron de la libertad que les prohibía sentirse libres en la fuga y les vedaba hacer el ruido de la historia o de la leyenda. También armaron un campamento en Santa Cruz y otro muy vecino a Cabo Corrientes, en un lugar que llaman El Conuco de los Negros. Estamos hablando de tiempos que nadie puede recordar a no ser por los libros, y los libros a ratos no lo cuentan todo, o confunden parte del todo.

-¿Dónde usted aprendió todo cuanto sabe? -dije.

-De libros aprendió usted. Yo lo que sé lo supe oyendo los cuentos de los más viejos que deben haberlos oído de otros más viejos -dijo.

Lo más asombroso de El Cabo es la memoria, tan tozuda, que los días por muchos que se hayan juntado no consiguen ponerla en blanco, provocarle la arteriosclerosis de los ancianos. Sobrevive en la palabra, yéndose a veces hacia allá, hacia la exageración, o yéndose también hacia acá, hacia lo más real, lo más cuerdo. Pero está viva, aunque nos refiramos a siglos de muy atrás: el XVI, el XVII, el XVIII. Esa época cuando el Mar Caribe se transformó en la feria internacional del bandidismo, porque la política de las potencias de entonces empleaba a corsarios para hostigar, saquear la tierra y las propiedades de sus rivales en el comercio y las conquistas, mientras, en los salones, los diplomáticos se abrazaban entre candelabros y casacas para mostrarnos qué generosos son los fuertes en la hipocresía.

Es verdad. Parte de ese oro tan encarecido por Colón fue hundiéndose en su travesía de ida, sin vuelta, hacia el Viejo Mundo. La corona española y varias monarquías europeas perdieron lingotes dorados y plateados, y joyas y vasijas conformadas por los metales y la artesanía de los indios de América. Los barcos iban repletos, a pesar de que las ordenanzas reales prohibían que las bodegas se atiborraran, porque si la nave naufragaba las pérdidas serían menores. Sin embargo, la fiebre del oro no la bajan las leyes. Padeciéndola actúan cuantos se frotan las manos ante el rebrillar de la riqueza. Y los barcos arrostraban la arriesgadísima y larga derrota atlántica, con sus barrigas infladas, crujientes, aunque cuentan las crónicas que el oro y las joyas iban en la popa, a ojo del capitán, y el resto de la mercancía en los compartimientos destinados para la carga. De cualquier modo, los galeones o las embarcaciones afines no parecían flotar, sino desalojar el agua con su voluminosa rémora.

De pronto, desde el este, volaba la oscura nublazón de una tormenta, de un huracán. El viento rajaba el velamen, partía los mástiles, y la nave quedaba desarbolada, y las olas la tiraban contra un banco de arrecifes, o la acostaban a ras del agua hasta que el mar la digería. O a barlovento asomaba de súbito un velero, o dos, y al rato una humareda y un estampido anunciaban un abordaje de piratas o corsarios. Y a pique iba el barco con su cargamento, o sin este, porque los asaltantes podían antes trasladarlo a sus naves.

Yo no lo engaño, compañero, algún contacto tuve con libros. Aprendí a reconocer y casar las letras tarde, en 1961, cuando el país completo se dedicó a enseñar a leer a los guajiros que nunca habíamos podido oír a un maestro. A mí me alfabetizó Pedrito de Celis, un muchacho muy aficionado a la historia, con mucho amor por su pueblito de Cayuco. Y con él he seguido conversando y oyéndole sus lecciones de universidad, enterándome de algo más que no fuese sólo leyendas. Y he aprendido también con mi amigo el Capitán Núñez Jiménez. Yo lo guíe por El Cabo cuando el doctor andaba investigando las cuevas, y anotando datos sobre tesoros, joyas, dinero. Era hombre de ciencia. Y algo se trasladó a mi cabeza en esos meses que ya cumplieron cuarenta años. Yo era todavía joven y con el cerebro pegajoso para asimilar unas copas de conocimiento. Núñez acaba de morir. Me enteré por la televisión, y me ha dolido el no haberlo podido saludar antes de que falleciera. Hay muertos que nos dejan deseos sin cumplirse, o se los llevan con ellos, porque ya nunca podremos cumplirlos.

El primer montero de El Cabo

Si tuve un maestro en El Cabo y de El Cabo, ese fue Polo Borrego. Maestro en eso de contar. Lo conocí siendo él viejo; fue longevo, tanto como la viuda de Andrade, que murió por 1990, con 118 años. Polo a los 117. Él mismo decía que había sido el primer montero de Guanahacabibes. Quién se lo iba a discutir. Tenía mal genio. Lo recuerdo con sus patillas bastante largas. Sus ocurrencias. Alguien, siendo yo joven, le preguntó por qué no salía a Cayuco, o a la Fe, para ir a las fiestas como hacían muchos habitantes de El Cabo. Ya habían transcurrido 42 años desde su última visita al pueblo. Y Polo Borrego respondió que una vez lo embullaron, se vistió de limpio y cuando subía al bote cayó al agua. Volado por la cólera decidió jamás salir de El Cabo.

A mí me gustaba escuchar a los viejos; me entretenía de muchacho, en particular, sentarme junto a Polo Borrego cada vez que la casualidad nos acercaba. Ahora comprendo que yo había nacido para estudiar, porque me gustaba oír para aprender. Uno de los primeros cuentos de tesoro me lo pintó Polo. Ese día él estaba con unos pedazos de madera y su machete, intentando fabricarle una batea a una de sus nietas, y yo, inquieto por la curiosidad, le pregunté si era verdad cuanto se decía en El Cabo sobre los tesoros de los piratas. Claro, es verdad, me respondió. Incluso, añadió, yo mismo me encontré un tesoro. ¡Coño!, dije. Qué, no lo cree, me preguntó mirándome muy serio y suspendiendo el machete en el aire antes de proseguir desbastando la madera. Pues, fíjese, vejigo, yo estaba arriba, en tierra buena; monteaba a mis puercos al armarse un aguacero y tuve tiempo para encontrar donde meterme. Era una cueva, que yo jamás había visto. Pasó la lluvia y yo empecé a registrarla, porque parecía muy apropiada; caían unas gotas de agua como en una tina, agua destilada por las piedras. En eso veo un tinajón. Quise abrirlo, pero lo habían tapado y sellado como con cemento blanco. Pesaba tanto que no logré moverlo. Sólo me traje a casa el moño de la tapa, que lo arranqué con el machete; debe de andar tirado por cualquier rincón. Bueno, en fin, cuando volví a la cueva se me perdió el rumbo, a pesar de que había marcado la zona. Y si usted no me cree, yo le repito que se me perdió, aunque yo sea el mejor montero de El Cabo.

No quedé muy convencido, pero con el tiempo, y por las cosas que a mí me han pasado con tesoros y cuevas, he admitido para mí que Polo decía la verdad.

Ya usted puede figurarse con todo lo dicho que las cuevas se mezclaron con el destino de los habitantes de El Cabo. Toda historia que de esta selva se escriba o se diga tendrá que mencionarlas a cada tramo de papel o de conversación. Hay miles de oquedades y espeluncas, como decía el capitán Núñez Jiménez. Y muchas recibieron un nombre, porque fueron parte del destino humano. Recuerdo las de La Mina, Guayacán, Marrero; del Abono, del Vallecito, del Café; Las Perlas, La Barca, Bolondrón, Los Musulmanes; La Sorda, La Jocuma, La Pintura, y Dagame y Perjuicio... Las Perlas es la más linda. Se halla a dos kilómetros al norte de La poza de Juan Claro, en La Bajada; muy cerca de la cueva aflora el único río subterráneo de la Península, y es, además, el único río. Corre unos 25 metros, y luego se escapa por entre el subsuelo. Las Perlas dispone de 513 metros de galería central. Perjuicio es la más alta, la de mayor desnivel. Y a la de Bolondrón uno la admira por tener el salón subterráneo de mayor largo.

En su juventud, el mismo Polo Borrego se topó con una cueva que le resolvió una situación complicada. Se había enamorisqueado de una muchacha que fue, hasta la muerte, su esposa. Un día, cuando ella venía con dos cubetas de agua, blanca y fría, que de una cueva vecina utilizaban para la casa, Polo le salió al paso y se le manifestó. Del susto, a ella se le derramaron los cubos y él, para agradarle, se los llenó nuevamente. Tuvo que caminar. Y al regresar, ella le respondió que sí, que ella también lo quería. Y los cubos entonces se le derramaron a él del nerviosismo.

Pero los padres de la muchacha no estaban jugando cuando se negaron; Polo no les gustaba y hasta le prohibieron que visitara la casa. Claro, en eso de hombre y mujer no hay ley que se obedezca, ni autoridad que no se ablande. Los novios se encontraban cuando el viejo iba al monte a sus trajines. Polo, un día, decidió: el 24 de di-

ciembre nos casamos. Es decir, nos vamos juntos; esa era la manera de casarse en El Cabo:
arrimándose.

Cortó leña y la *burreó*, que es cargarla a lomo
como un animal, para quemar un horno de carbón. Esa era tarea ruin, aplastaba al hombre.
Pero le exigía y le exige inteligencia. El secreto
está en saber quemarlo, porque la candela de un
horno no hay quién la entienda. Lo mismo hala
hacia acá que para allá. Y hay que estar muy
atento para que no se vuele, que es cuando el
horno se prende a la redonda, y la leña se vuelve
cisco. No sirve para combustible. Se trabajaba
entonces como 18 horas al día, durmiendo ahora
y despertando ahorita. Y para la *saca*, peor. Uno
se levantaba a la una de la madruga, y paraba
al mediodía, y comía su *chiquito*, y dormía hasta
las tres de la tarde, y luego trabajaba hasta las
10 de la noche, y dormía algo, y otra vez, a la
una, en pie. Así unos tres días. En total, el
tiempo pasaba amontonando jornadas en las
que el olor de la leña ardiendo era como un per-
fume suave en el aire y cuando aterrizaba en la
ropa y la piel era tan fuerte que provocaba re-
pulsión. Tres días para armar aquella pirámide,
y seis días para quemarla, y tres días más para
echarla en sacos. Y al final, unos centavos. Hubo
épocas en que un *carretón*, unidad de medida
que amparaba 28 sacos de carbón, valía 10 ó 15
pesos. Con dos carretones no juntó demasiado,
porque también pagó al dueño del *corte* los gas-
tos en víveres y un impuesto por el uso de la
leña.

El Cabo, aún así, salvaje, con cara tan hostil,
tan poco noble, aunque todo un paraíso oculto de

maderas preciosas, se repartía en dueños. Y algunos vivían en La Habana, como José Torriente. Y otros radicaban en Guane, como Felipe Blanco. O aquí mismo, en El Cabo, como Mamerto Borrego, propietario también de un apellido que se convirtió en piedra típica de Guanahacabibes. Los españoles circularon también la Península desde el principio; la mercedaron en hatos y corrales como a toda la Isla. Una vez me enseñaron un mapa donde se veía a El Cabo redondeado por esas fincas en forma de círculos; había uno, el más occidental, que se llamaba Hato de San Bolondrón, y de ese nombre creo le viene el suyo a la cueva y al caserío. ¿Qué santo será ese?

Pero ni acordándose de ese santo, ni rogándole, Polo pudo resolver con gusto sus contratiempos. Recogió también sus puercos, los vendió y compró ropa, y alguna cacharrería para la cocina, pero no le bastó para puntillas y otras necesidades con qué clavetear una casa nueva. Y el 23 de diciembre lo alcanzó sin lugar dónde plantarse con su novia. Ese compromiso no podía incumplirse; todo antes de quedar mal con su mujer. Andando dentro del monte, meditando en su desgracia estaba cuando apareció la cueva. Grande, amplia. No se lo dije antes, pero es hoy la de Bolondrón. Entró a tomar agua y se sentó en una piedra, miró y vio unos cuantos morteros de los indios, que cachivaches de ellos están presentes, como respetados por el tiempo, en casi todas las cuevas de Guanahacabibes. Estos indios pertenecían a la cultura siboney, aspecto Cayo Redondo, como hablan los técnicos. Y por lo menos por aquí hay 110 residuarios. Que yo los he visto registrando estos parajes. A Polo, tan empecinado, se le ocurrió que si los indios habían vivido en ese hoyo, los indios no pudieron haber sido mejores ni peores que él, ¡coño! Y con unos palos dividió aquel salón, hizo así el cuarto, y paró un *coi,* que es un bastidor de fibra de majagua. Y en la parte más hacia la entrada, donde había claridad, fabricó unos banquitos y una mesa de cujes de yaya. Después mató una puerca chiquita, como para dos; la preparó para asarla y la dejó colgada al aire.

Fue a buscar a la muchacha, pero antes trajo los calderos.

Al enterarse de la fuga, el padre se echó a cuestas su escopeta y partió a buscarlos. No los halló en el ranchito donde Polo había vivido su vida de soltero. Se le habían perdido.

Como a los 15 días, el viejo le dijo a la vieja carajo, dónde estarán esos muchachos. Ya le preocupaba la suerte de los dos. Cuando los halló, la hija había parido. Polo se cuidaba del suegro, porque como sabía lo de la escopeta, era fácil que lo matara. En fin, el nieto conmovió al abuelo; y en el caserío de Bolondrón, con la ayuda del viejo y de varios vecinos, Polo construyó la casa donde yo lo conocí hasta cuando, muy anciano, lo mudaron a Ciudad Sandino.

La vez cuando Polo le contó esa historia, Él, de atrevido, le preguntó como había sido la primera noche con su mujer en la cueva. Y el anciano, poniéndose bronco, hizo estallar un carajo que, junto con una mirada torcida, estableció que a ningún hombre, al menos a un hombre como él, se le podía preguntar cosas propias de macho y hembra. No, viejo, le aclaré; no me refiero a lo íntimo, sino al lugar, a la cueva. Ah, menos mal se calmó. Sepa usted, muchacho, la mujer sabe acomodarse a la imposibilidad del hombre.

SÍ PARA UN HOMBRE ES SÍ

Ahora recuerdo que en 1959, cuando la realidad de El Cabo empezaba a cambiar, uno de los hijos de Polo se pegó accidentalmente un hachazo en una pierna, y avisados en el pueblo por microonda de que el hombre se podía morir si no lo llevaban a un hospital, enviaron un helicóptero a buscarlo. Y Polo, loco por la confusión, decía mira para eso, un *halicótero* para mi hijo; si me cobran el viaje me desgracio. A las pocas horas lo trajeron, y Polo, ya desesperado, le grito a su mujer son dos viajes, ahora sí que nos arruinamos. Y al preguntar por el precio, le dijeron que nada; que ellos eran guardias, revolucionarios. Polo, loco ahora por la emoción, comentó las cosas de este Felipe Cato son del carajo. ¡Cuándo nosotros valimos algo para alguien! Y era verdad. De los pudientes, los ricos, solo lo visitaba el mayoral Mateo Guillén, que venía cada mes a cobrar hasta por la faja de tierra donde se sembraba un boniato. El grueso del dinero se lo repartían entre él y el dueño. Una nochebuena, Polo envió para La Habana 12 mil libras de carne de puerco. Recibió 80 pesos que dividió así: veinte para él, 20 para el trasegador y 40 para el capataz.

Ya en 1959, las cosas se viraron al revés, o comenzaron a enderezarse. Y los señores empezaron a ver que el tiempo de vivir del trabajo y la

miseria de los pobres se les consumía en un almanaque que, para ellos, ya no tenía más hojas.
Una vez por esa época, Mateo Guillén fue a casa
de los Varela en La Jaula. Y habló con el padre
de la familia sobre cierta deuda, y el viejo, a
quien Fidel había visitado y regalado, como recuerdo, una fosforera, le dijo al mayoral que esos
eran asuntos muy enredados, y él iba a La Habana para entrevistarse con personas del Gobierno y aclarar ese problema de cobros por usar
una tierra, una leña, incluso las flores para miel,
cuyos propietarios sólo podían ser los trabajadores que, con sus manos y su sudor, las conver-
tían en cosa útil. Mateo Guillén, viendo que el
viejo había oído atentamente a Fidel, fue recu-
lando hasta que se marchó de por todo aquello.
A nadie ya podían engañar. En La Güira habían
abierto una escuela y 20 de los niños de El Cabo,
oían, por primera vez, a un maestro, mandado
especialmente desde Pinar del Río. Y teníamos
que defender esa oportunidad de empezar a ser
gente, como se dice.

Varela, el viejo, era el padre de Fisco, que se
convirtió después en una autoridad, un hombre
sin tachaduras. Yo sé de miel y de abejas, pero
ante Fisco me rindo, y me callo cuando él hablaba. Hablaba, sí, porque hace unas semanas
murió, y yo sé que El Cabo perdió parte de su
alma o su alma entera. Hasta de vacaciones lo
recorría extasiándose en una bandada de coto-
rras, o mirando el azul oscuro de la corriente del
Golfo desde la orilla de la Ensenada de Corrientes. Cuidaba cada animal, combatía a aquellos
que cortaban un árbol. En El Cabo, decía, hay
más riquezas que en un banco. Fíjese cuánta

caoba, sabicú, jocuma, baría, ocuje, ácana, guayacán... Su palabra era como ley. Nadie dudada
de cuanto Fisco decía. Cuando en 1962 le entre-
garon el carné del primer partido revolucionario,
que creo se llamaba PURS, un nombre que hablaba de unidad y revolución socialista, y le preguntaron si estaba dispuesto a cumplir los re-
quisitos, dijo que sí, y sí para un hombre es sí. Y
el carné permaneció limpio como los cristales de
sus espejuelos gruesos. Nunca bebía alcohol,
porque el que manda, dirige, no puede tomar
tanto ron. En momentos de compromiso, una
cerveza que alguien le ofreciera con amor. Prefería que le pagaran con lo moral. Lo material
se compra o se regala; lo moral se merece. Usted
perdone que haya picado mi historia, pero he dicho lo justo y con el sombrero en la mano. Sigo
ahora.

Aquel día de la desgracia de su hijo, le pregunté
a Polo Borrego: quién es Felipe Cato, Polo. Pues
ese, el que puede mandar ese *halicotero*. Y Felipe Cato era, ya usted lo puede saber, Fidel Castro.

Polo fue mi maestro, junto con mi padre, para
la sabiduría del monte y la gente de la península. Sin una mano que le enseñe los secretos de
la vida, uno no pasa de ser una fruta seca, caída
a destiempo de la mata.

Hierros y maderas

Tal vez le diga cosas que usted sabe, y piense que estoy queriendo darle clases. Ponga usted lo suyo, si cree que no alcanzo a recordar. Pero no podrá negarme que los corsarios robaban, quemaban, asesinaban con permiso de sus gobiernos. Hacían lo que hoy se llama guerra sucia, guerra secreta. Todo por el dinero. Por el poder. Anjá. Los piratas eran distintos: cumplían su política personal: enriquecerse mediante el asalto. Pero ya fuesen corsarios o fueran piratas, la maldad los emparejaba, ¿no? Y en las Antillas habían integrado la sociedad de "Hermanos de la costa". Habitaban en los islotes de las Bahamas o en la Isla Tortuga.

Pero antes de posesionarse de esa isla como hecha con el carapacho de una jicotea, la ciudad de Port Royal, en Jamaica, les sirvió de refugio y fortaleza. Allí había tantas botellas de ron como hombres. Si alguien se hubiera puesto a dirigir el tráfico, habría sido difícil evitar los encontronazos. Todos andaban borrachos. El oro y el alcohol se atraen. Y juntos llaman al aventurero. Usted debe de saber cómo terminó esa ciudad en la que dicen hubo caballos que trotaron con herraduras de oro. Si yo fuera religioso le diría que Dios la castigó como a esas dos ciudades de la Biblia... ¿Cómo se nombran? Sodoma y Gomorra. Sí. A Port Royal la tapó el mar, que empezó a temblar y a querer saltar por sobre los linderos entre el agua y la tierra. Eso sólo lo permite Dios. Y lo permitió, en efecto. Como un barco gigante la ciudad naufragó. El que estaba borracho no se dio cuenta. Muchos debieron alegrarse de que se ahogaran de un chapuzón tantos bandoleros. Aunque tal parece que donde hubo piratas el misterio viene a tirar sus ensueños. Porque por allá en Jamaica cuentan que cuando el mar se agita el oleaje remueve las campanas de la iglesia que está en algún lugar del fondo. ¿A qué tocarán esas campanas? ¿Pedirán todavía ayuda? ¿O clemencia?

También aquí en Guanahacabibes los piratas y corsarios arrimaron sus barcos, hicieron sus candelas. Piet Adriaenz Pita, Francis Drake, Francis Nau El Olonés, Henry Morgan -y me perdona si no pronuncio bien estos nombres-, holandeses, ingleses, franceses, las estrellas del filibusterismo, como los llama usted, ocultaron sus cofres o acamparon aquí en tanto se reponían de sus campañas de espada y pólvora. O esperaban emboscados a que no muy distantes, navegando sobre la corriente del Golfo, que desde la costa uno la nota en un azul más oscuro, aparecieran los galeones españoles con sus costillares aventados de oro y plata, a pesar de que los reyes habían recomendado que las cargas fueran ligeras para arriesgar menos en la travesía.

Hundirse fue el destino de La Concepción y La Magdalena. Navegaban procedentes de Panamá, y cerca de El Cabo los cañones de los filibusteros los echaron a pique. Dice Él que los lingotes permanecen bajo las aguas, en llegando a San Antonio por el norte. Filibusteros, así también los bautizaron. Sí, por la conversión de una palabra inglesa, *flyboat*, barco volador, veloz, que aparecía y desaparecía como fantasma del mar. Y también bucaneros. ¿Acaso porque navegaban en buques? No; más bien, porque ahumaban la carne de sus comidas sobre una parrilla que en el Caribe llamaban *boucan*. Ya veo, todos los nombres tuvieron un primer día.

Los filibusteros tenían paciencia; es virtud de ladrón tanto como de policía. Y a veces aguardaban agazapados en tierra a que el viento del sur empezara a palmotear. Los buques se refugiaban en los entrantes de Guanahacabibes, y los piratas y corsarios aprovechaban para desvalijarlos de un golpe inesperado. Oiga, cuando bate un surazo no existe quien pueda navegar por esas aguas del sur de El Cabo. Y si existiera tendría que ser muy dichoso para sobrevivir a la bronca entre el viento y la mar. Quizás uno de esos barcotes de hoy que al parecer se fijan con su peso y su altura a las olas. En el pasado no muchos quedaban en condiciones de repetir su atrevimiento. En esos límites de Guanahacabibes, sumando abordajes y naufragios, se dispersan restos de unos cien barcos. Los he visto al bucear, que también aprendió cuando el doctor Núñez Jiménez descubría a la espeleología y la geografía las riquezas de la península de Guanahacabibes. Caminando por el litoral, a unos 300 ó 500 metros del farallón cársico de la antigua costa, cuando la mar todavía le quitaba tramos a la tierra, usted halla anclas y cañones, chinas pelonas, esas piedras pulidas con las que se pavimentaban calles y que las carabelas llevaban en el fondo del casco como lastre.

Pero, déjeme contarle que no siempre los bandidos ganaban ese juego. Si no robar y matar hubiera sido un oficio fácil. Los españoles un día se desquitaron de tanto saqueo, tanta muerte. Idearon una celada, y pusieron cerca de la playa de Los Morros, en la Punta del Cajón un galeón como cebo, cargado de soldados. Los piratas, viendo el asunto muy simple, arremetieron contra el barco, y se toparon con la sorpresa. Allí mismo, sin ningún papeleo, los guardias ahorcaron a once. Y los echaron luego al agua, para que nada quedara de ellos. Quizás fue la venganza por el atrevimiento de uno de esos piratas que bautizaron como gitanos del mar. En 1555, Guy Mermi, francés por el nombre, fondeó en el Mariel unos tres días. Estaba haciéndose el disimulado, el que nada quiere. Y de pronto, al cuarto día, se metió en la bahía de La Habana y sorprendió a los milicianos que tenían que vigilar las costas. O no fueron a la guardia. O se durmieron pensando que el pirata a veces era un cuento para dormir a los niños majaderos. Suerte que había pocas naves en el puerto, porque la flota aún no se había apelotonado en La Habana, como era la regla, para de ahí poner la proa hacia España. Solo hallaron una carabela cargada de cueros, que se llevaron nadie conoce a dónde, y de la cual nada debe quedar ya.

En cambio, persisten todavía aquí en El Cabo esos hierros podridos, ese maderamen carcomido, esas piedras más o menos redondas y lisas como cabeza de calvo, y perdone usted que le falta pelo... Persisten esos tesoros robados en

días de muerte y que hoy nadie encuentra, porque el misterio de la sangre los protege. Y per-
duran los nombres de la geografía. La Punta del
Holandés, el Caletón del Judío, la Playa de los
Ingleses, donde Henry Morgan, que se arriesgó
a atacar a Puerto Príncipe, maldijo la pérdida
de su nave principal, La Esperanza, tal vez después de decir en un momento de borrachera que
no había nada mejor que un rico tesoro, una mujer bella y un buen vino. Y quién quita que tu-
viera razón. Porque si usted lleva dinero, y con
el dinero compra vino y con el vino le vienen ganas de mujer, con el dinero le es más sencillo
buscarla. Morgan, después, murió siendo persona decente. Se viró a perseguir piratas. Murió
cerca de una botella de ron, que nunca olvidó be-
berlo, aunque hablara de vinos. El malo, ni de
bueno, olvida ciertas costumbres. Cuando el mar
se tragó a Port Royal su tumba se fue hacia
abajo junto con la iglesia donde estaba enterrado. De alguna manera tenía que pagar los da-
ños causados por estas aguas.

Buscavidas sin renombre

Le he dicho nombres de filibusteros conocidos por su nacionalidad, nombres puestos por el miedo de la gente. Pero hay nombres y apellidos recordados con exactitud, con más entraña de persona. Noronha, que era portugués; Juan Claro, Antonio Perjuicio, Juan Sierra. Seres sin ley que convirtieron a El Cabo en residencia permanente o en guarida más estable, y contaminaron con su familiaridad el espacio donde tumbaron árboles en sitios de tierra buena para surcarla y sembrarla, como Noronha en sus Tumbas. O plantaron campamentos como Perjuicio en su Playa y Juan Claro en su ensenada, que unos llaman así, de Juan Claro, y otros ensenada de Corrientes. Hombres esos que si subsisten en la memoria, ha sido porque El Cabo les ha guardado lealtad. Los libros casi no los mencionan. Como tampoco los papeles, donde se pintan los asaltos y los hundimientos provocados por los piratas y corsarios, ubican tantas naves como he visto yo en estos fondos. Ponen un circulito rojo y el nombre de los buques que, al hundirse con los mástiles y los cordajes destrozados, hicieron más ruido porque eran los más cargados de oro, plata, joyas. Y por tanto dolían más a las empresas coloniales. Núñez Jiménez trajo una vez un mapa del Caribe cuajado de puntos rojos que determinaban naufragios por ataques o por tempestades, y la posible existencia de tesoros. Recuerdo que conté cincuenta y cinco. Se dispersaban desde las costas de Méjico y las de Guanahacabibes, y por el norte de Cuba, y por Bahamas, y Puerto Rico y Santo Domingo, y por el sur de Jamaica hasta las costas de Venezuela. Precisamente el número 55 pertenecía a Nuestra Señora del Carmen, que se hundió, barrigona de plata, en un sitio llamado Banco de Pedro, debajo de Jamaica, hacia el sur, en 1691. En ese mismo lugar naufragaron la Santa Cruz, Nuestra Señora de la Concepción, Nuestra Señora de Begonia, el San Roque, el Santo Domingo, el Sant'Ambrosia. Entre la Habana y Matanzas, se desfondaron el San Francisco, la Santa Marta y la Santa Catalina. Y poco más arriba, la Atocha y el Espíritu Santo. Me acuerdo que aquel mapa hubiera encandilado a cualquier aventurero. Aquel reguero de bolitas rojas parecían dedos que se movían como llamándote. Tal vez en alguno de esos puntos del mar está la felicidad para esos hombres a los que la dicha de la casa y los hijos no los contenta. Los sacia y les justifica la vida el dinero y el albur de hacerse ricos.

Los nombres de la Península de Guanahacabibes perpetúan a ese hato de ladrones, buscavidas sin renombre, delincuentes de lo común y corriente que carecían de los pantalones de un Drake, un Morgan, incluso héroes en sus patrias. Aquí usted oye mentar la playa de Gutiérrez. ¿Y quién era? Un bandido de la mar. Pero aunque robaba y mataba, prefería comerciar, contrabandear. Su negocio consistía en comprar, vender, intercambiar contra las leyes. Era famoso. En una época se dedicó a comerciar con el tabaco en rama; tabaco de Vuelta Abajo. El cuje, algo así como una vara de 10 ó 15 metros cubierta de hojas, logró entonces precios de hasta mil pesos. Compraba y también hacía comercio de trueque. Habitualmente desembarcaba por Cortés. Los vegueros ya habían depositado su tabaco, con mucha cautela, esquivando la vigilancia de los guardias españoles. Gutiérrez les traía de Europa -sobre todo de Inglaterra-, de Estados Unidos, un montón de esos objetos que acomodan la existencia, aunque usted se aloje en un bohío. En El Cabo y sus cercanías campeaban los relojes de pared; si se topa con uno en cualquier casa, pídale al dueño, que seguramente lo heredó de un abuelo, que se lo abra y usted comprobará la procedencia inglesa grabada en el metal. Made in England. Igual sucedería si aún se conservaran planchas de aquellas que las mujeres ponían sobre braceros de carbón antes de deslizarlas por sus trapos.

LA VIDA INSÓLITA DE UNA MUJER ÚNICA

A veces me he preguntado si entre nosotros, los nacidos en El Cabo, hay quien se mueva con sangre de filibustero. La historia de todos los días es tan huidiza, tan recóndita, que resulta difícil entretenerse en buscar quién se acostó con quién y dónde y cómo yacieron. Yo conocí en Mantua a un viejito cuya ocupación en la juventud fue llevar prostitutas a los piratas. Hace demasiados años que el viejo me habló de oficio tan poco decente. Realmente le creí, porque yo era muy joven entonces y estaba asustado en una de mis primeras salidas adonde había más gente, más civilización y más malicia. Después, al irme yo enterando de los pormenores del medio en el que radicaba, he dudado de que aquel anciano dijera la verdad. A qué bandoleros les llevó putas. ¿A los piratas? Debía tener por lo menos 150 años cuando me endulzó con tal peripecia. Porque en fecha más reciente por aquí, que yo sepa, no hubo piratas. Estoy por pensar que les alquiló mujeres a ciertos bandoleros a fines del siglo XIX y comienzos del XX. Ya no eran piratas, por supuesto, como los primeros, sino pertenecían a otra raza más moderna, de menor alcance, que, según oí, fueron como una plaga en Cuba. La memoria de los viejos abusa de vez en cuando de lo vivido y se inventa fantasías para que, cuantos los oigan, abran la boca del pasmo. Eso es una insolencia. Y no piense usted que yo, como estoy viejo, le he dicho alguna mentira, o algo que no existiendo yo se lo haya ofrecido como si existiera. Aquel viejo me confundió. Ahora yo sé que se refería a Sierra, a Perjuicio, a delincuentes marítimos de pequeñas ambiciones, porque más no podían pretender con lo desarrollada que empezaba a estar la navegación.

Es posible, por otra parte, que los filibusteros, que pasaban temporadas en El Cabo, tuvieran acceso a mujeres de la vida mediante la oferta de un mercado. María la Gorda, de acuerdo con todas las opiniones... Ah, ¿quién fue María la Gorda? Le puedo jurar que sé y no sé quién fue. Ahora es un lugar de la geografía de El Cabo. Y con historia, porque por ese punto desembarcaron en la guerra de independencia varias expediciones con armas y municiones. La más conocida fue, en 1896, la del General Rius Rivera que trajo un alijo que ayudó a pertrechar a Maceo, y al hijo de Máximo Gómez, Panchito Gómez, que murió con el General Maceo en San Pedro. El barco se llamaba Tres Amigos, en español; en inglés no se lo repito, aunque usted debe saberlo...

Le diré que de María la Gorda se sabe mucho y se sabe poco. Como de todas las cosas de El Cabo. Aquí nadie nunca llevó papeles; los recuerdos se fueron como metiendo en las cuevas, bajo las piedras, entre las matas, y de lo que sucedía ayer se hablaba como si hubiera ocurrido hoy. María la Gorda se enfrentó a un destino impensado, aunque, a ser realista, en aquella época andar por la mar o por estos parajes era encarar la oportunidad de que surgiera un infierno nunca tenido en cuenta. Unos afirman que era hija de un capitán español llegado aquí con el empeño de localizar el tesoro de la catedral de Mérida. Y no se extrañe: soñadores, buscadores, gente dispuesta a hacerse rica con una bendición de la suerte, abundan desde hace tanto tiempo como tiempo amontona el mundo mostrándonos que los hombres y las mujeres han sido iguales en todos los tiempos.

El oficial plantó su campamento; traía consigo a su hija, tal vez porque quería cerca a ese otro tesoro que es un hijo. Murió de repente el capitán de la colonia como murieron otros en la república: sin hallar la cruz de Mérida. Y María, a quien la gordura le fue achicando la esbeltez y el lujo de sus ojos negros, quedó para prestar su nombre al lugar: a la playa, que es hoy un centro internacional de buceo, y al promontorio, la altura más elevada de la Península, que se conoció cierta vez como Vigía Antigua, porque antes desde ahí los piratas vigilaban el tráfico de navíos españoles, y hoy llaman Tetas de María la Gorda, pues parece el busto de una dama. Después ella se marchó hacia España.

Pero también, en un tiempo del que no me acuerdo, a todo eso dentro de la ensenada de Juan Claro o de Corrientes, se le decía la ensenada de las Carabelas. Ese nombre explica por qué María la Gorda pudo prosperar en punto tan aislado y solitario. A veces, el viento sur se pasaba 15 días batiendo y chiflando con su pesadez y su amargura, y los marinos más experimentados se refugiaban en la ensenada a esperar que la ventolera se apaciguara. Ya entonces no había riesgos de ataques desde tierra.

Los campesinos nunca vivieron en Cabo Corrientes. Las tumbas de árboles las realizaron los negros cimarrones, o los piratas que levantaron casas allí

Refiriéndose a cómo María la Gorda pisó este suelo donde yo también me voy a pudrir, hay quienes aseguran por otra parte que unos piratas aprisionaron a María durante un abordaje en el Golfo de Honduras. La trajeron a territorio del Cabo de San Antonio con otros prisioneros, y a todos los obligaron a construir casas, almacenes. Edificaron un asentamiento donde, en la gran Ensenada de Corrientes, se abre un pequeño entrante, a la izquierda; sitio apropiado para refugio de barcos y marinos, incluso mercantes.

María la Gorda terminó siendo jefa del caserío. ¿Cómo? Figúrese. La mujer, llevando en medio del cuerpo un tesoro que es trampa, señuelo, como brujería de deseos y calores del cuerpo, puede imponerse entre tantos hombres hambreados de hembra entregándose ayer, prometiendo mañana, esquivando hoy. Por lo visto, ella se encargó de avituallar con bastimentos materiales y con mercancía humana para la costumbre sexual a cuantos allí recalaban.

María era un mazo de contradicciones. Sobre el promontorio que le copiaba sus pechos, al borde del acantilado, se entregaba a comilonas y alborotos. Y en la cueva de La Ceiba, próxima a su campamento, se dedicaba en retiro a meditar y rezar. Inevitable forcejeo entre el alma y el cuerpo. Yo, cuando pienso en ella, admito que era una mujer de clase, y siento un pensamiento de respeto, un recuerdo de admiración, porque ella se engalló ante los horrores de este corral de fugitivos. Cuántas veces, quizás, lloró por su debilidad, su desamparo, por esa suerte que le había venido así, sin que ella la pidiera. Y cuando eso ocurre usted siente como que lo aplastan, que la luz es poca para tanta oscuridad. Y de esas lágrimas en soledad le surgió la fuerza para ser María la Gorda, mitad verdad, mitad mentira. Pero es un nombre. Ahí está; nadie lo cambia, nadie lo remueve. Viene desde el origen del tiempo en esta tierrita, nunca chiquita para la maldad.

Un paredón costero en el mapa

Piratas, corsarios, incluso *carraqueros*, piratas
de tierra al tanto de naufragios o desembarcos,
y gitanos del mar, que se distinguían por no tener paradero fijo, ni parecerse a nadie, ni andar
en mucha juntamenta con los del oficio, habitaron en El Cabo los meses y años suficientes para
que la geografía les adoptara el nombre o la nacionalidad. Y eso fue así, porque le digo que hay
que vivir largo y profundo para que la tierra se
ajuste al hombre y hasta le tome prestado el ape-
lativo. De ese modo Él cree que pudo ser también
natural que hayan cumplido su papel de varón y
la semilla se les quedara aquí como al descuido.
Pero si no los procrearon en camas o cobijas de
El Cabo, los hicieron al menos en otras habita-
ciones. Yo conocí a un descendiente de uno de
ellos. A principios de los años de 1960, las fuer-
zas de la autoridad detuvieron a tres españoles
y un francés en aguas de la Península de Guanahacabibes. Traían un plano, y se sospechaba
que fuera el de un alijo de armas para abastecer
a los contrarrevolucionarios, entonces muy acti-
vos en esta zona. Podríamos hablar mucho de
estas historias. La soledad de las playas de El
Cabo facilitaba el desembarco de gente y armas
desde Estados Unidos. Había que estar alerta.
Un batallón de milicianos, en cuya jefatura estaba René González Novales, que le apodaban

El Rubio, se fajó duramente para impedir que fusiles M-3, M-2, R-16 y personajes como Alberto del Busto, uno de los antiguos dueños de la Península, pudieran llegar a tierra con tranquilidad. La captura de Del Busto la dirigió en persona el Capitán San Luis, jefe del Ministerio del Interior en la provincia de Pinar del Río, y soldado del Che Guevara en la Sierra Maestra y después en Los Andes de Bolivia. *Joseíto* Castro, uno de nosotros, guajiro golpeado por la miseria, era el contacto aquí del ex propietario que había seducido, con trampas y mentiras, a su viejo esclavo. Pero cuando San Luis lo supo llamó al campesino y le habló con claridad. ¿Qué usted defiende si es ahora cuando empieza a tener algo? Y Joseíto comprendió. Y comenzó a servir a la Revolución. Así que cuando Del Busto, en una lancha tirada al agua desde un buque de nombre Rex, llegó a las arenas de la Caleta del Humo, en el sur, lo esperaba Joseíto, como había sido acordado entre ellos, pero, a su lado, San Luis, y detrás los milicianos de El Rubio.

Aquellos extranjeros, le iba diciendo, trataban de desembarcar para contactar a cualquier campesino que los ayudara a identificar un paredón costero señalado en el mapa. Al fin se supo que el francés era bisnieto o tataranieto de un pirata. A mí las autoridades me pidieron que los ayudara a ubicar el paredón, que posee características especiales; allí, donde lo marcaron con una cruz en el plano, cambia de color: una parte es rojiza. El pirata dejó en esa área una fortuna: once tinajones de monedas de oro. No los enterró, sino los depositó en el fondo del mar, no muy profundo por ese lado, y estando además cerca del paredón no existía el peligro de que la corriente arrastrara el tesoro.

Esta historia se empalma con el pasado. Muchos años antes, otro francés, tal vez el padre o el abuelo del que apresaron en Guanahacabibes, vino también con el plan de buscar el dinero de su pariente. Se radicó en Minas de Matahambre; trabajó en el cobre de esa mina subterránea, la única que había en Cuba bajo el suelo, y que cerraron hace poco por agotamiento. Y, mientras, el francés tanteaba el modo de llegar al Cabo de San Antonio y rastrear los botijones que tentaban a cuantos tomaban en sus manos el mapa dibujado en un pedazo de lona marinera sabía Dios cuánto tiempo antes. El buscador murió pobre, en un cuarto destartalado de la ciudad de Pinar del Río, sin hallar su sueño, adormilado en un mar azul, rugiente, solitario. El doctor José Manuel Inguanzo Fuentes lo atendía como médico, por generosidad. Antes de morir, el francés le dijo doctor, en el baúl hay un pomo azul, de boca ancha, cuadrado, y dentro hay un mapa; búsquese a alguien que conozca el Cabo de San Antonio y recoja la fortuna que yo vine a buscar. El médico no quería. Al fin aceptó. El mapa decía: árbol grande en la costa. Era la playa de La Majagua. Un jagüey se veía desde el mar, lejos. En realidad no se sabe si el tesoro existe.

Quizás alguien lo recogió y nadie se percató. Es verdad que esta historia puede ser leyenda, otra de tantas fantasías inspiradas por la peculiaridad geográfica y social de Guanahacabibes. Pero Él cree que es cierto que el pirata, retirado, tranquilo en su patria, con los hijos en las piernas o los nietos, reveló dónde había escondido parte de las ganancias en sus cacerías por el Caribe. Y tuvo suerte en llegar vivo, incluso sano, a la etapa en la que el hombre se entretiene recordando los episodios de su vida. A veces se te acerca un nieto, inteligente, cariñoso, y te pregunta abuelo, cuál es tu historia. A mí me pasó, y así, aunque no lo desees, te ves obligado a recorrer el pasado, con todos sus matules de alegría, tristeza, malos días; claro, usted no es mi nieto, pero me hace recordar igual.

La venganza es como un cocodrilo

El pirata francés, a lo que parece desde este distancia, evadió la persecución librada por las potencias coloniales contra el filibusterismo. Y de aquellas aventuras sólo resultó magullado en una pelea con Juan Claro. Ese incidente es la raíz del episodio que comencé a contarle con la aparición de un mapa con el farallón costero. Aparentemente eran amigos. El francés lo visitó en un cayo de la costa norte de la provincia de Las Tunas, que hoy se nombra así, Juan Claro. Y mientras ambos conversaban entre tragos de aguardiente de caña, avisan a Juan que un buque español salvaría pronto el Paso de los Vientos. El pirata embarcó deprisa. Dejó al francés en el cayo, "en su casa", como ordenaba la amistad. Y este, en un empujón de locura, o en un traspié del alcohol, o siendo malo hasta la traición, aprovechó para asaltar y quemar el caserío, robar la tienda y asesinar a todos sus pobladores. Y creyó haber aniquilado a la amante de su amigo. El francés había calculado que, al regreso, Juan Claro pudiera inferir que los españoles, en un acto de audacia, habían atacado el cayo cuando él, el francés, ya se había marchado hacia occidente. Eso pensó explicarle si se veían nuevamente.

Juan Claro, sin embargo, regresó rápidamente. Una contra información le advirtió que el barco español había enrumbado por el sur y no por el canal Viejo de Bahamas para tocar La Habana. Su mujer, moribunda, le reveló los pormenores del asalto. Partió hacia occidente a toda vela. Registró la cayería del norte. Y vino a fondear en El Cabo, en La Poza, donde había agua dulce, que surgía de un manantial dentro del agua salada y que aún usted puede ver, tocar, beber en La Bajada. Diseminó espías...

El francés, en tanto, oculto en un guanal, invocaba el tiempo para que todo pasara al olvido. No le gustaba la idea de conversar tan pronto con su antiguo amigo, y pensó que unos meses de discreción harían que la sangre corriera al pasado en la conciencia de gente tan habituada a la sangre. Se equivocó. La venganza es como un cocodrilo: parece una piedra o un tronco, nunca se cansa de atisbar a su presa. Además, le faltó paciencia. Una tarde se aburría, le picaba el gusto por la acción, por el movimiento constante, por esa libertad fatigosa del que huye. Pidió su barco. Y fijó campamento en la Playa de los Ingleses, en la parte de abajo de cabo Corrientes. Luego decidió visitar en Las Canas a otro filibustero francés, que habituaba a descansar en ese punto.

Los espías de Juan Claro vieron el movimiento. El pirata sonrió al saberlo; no había fallado su intuición cuando decidió buscar a su enemigo en los escondites de Guanahacabibes. Pero no se apresuró a desenvainar la espada. Partió por tierra hacia Los Ingleses. Más trabajosa, más lenta, pero la táctica le garantizaba la sorpresa. Porque rodeó el rancherío del francés; esperó a que este regresara de su paseo. Y lo atacó. Cómo describirle el asalto, qué palabras puedo usar para pintarle la venganza, sobre todo la venganza de quien nunca ha tenido compasión, del que jamás ha visto en sus semejantes otra cosa que no fuese una víctima, un objeto, al cual despojar. De pronto, el silencio de El Cabo, ese silencio en el que por lo regular sólo se distingue el murmullo de la mar al recostarse indolente sobre la arena, o el bramido del agua al morder desesperada la roca; ese silencio oyó los tiros de mosquetes, los gritos del miedo, las palabrotas del coraje. Y, al rato, la tarde, calcinada por el sol de la canícula, empezó a humear. Todo ardía...

El francés huyó. Se ocultó entre las uvas caletas y el guano de campeche y los peralejos de costa. El olor de la candela llegaba hasta él agrandándole el miedo y el dolor. Estaba herido. Una bala le había desgarrado el brazo izquierdo. Cavilando entre temblores, recordó que en Resguardo, una playa blanquísima, recóndita, casi tapada por la vegetación, amarraba una piragua que utilizaba de vez en cuando para pescar. Pensó llegar hasta allí y remar, entre mil quejidos por supuesto, hacia Las Canas y gestionar el auxilio de su compatriota, a quien había visitado recientemente. Se las arregló, pues el hombre en la desgracia inventa y forcejea, y cuando ya el bote estaba en la mar, se desprendió una tormenta; rayo, trueno, viento y agua. Luchó sangrando. Perdió el conocimiento, y despertó de madrugada cuando la madera del fondo rozó con la arena, y unas voces gritaron ¡un hermano de la costa!, ¡un hermano de la costa! Había llegado

a Yucatán. La corriente del Golfo lo había con-
ducido al pairo. Era afortunado. Y estimando
que a la suerte no se le puede presionar con mucha insistencia, el francés tomó el mejor acuerdo
consigo mismo y con su pasado: irse a Francia.

LA INGRATITUD DE SIERRA

No puede existir amistad entre bandoleros. A los seres humanos los hermana la virtud, la bondad, la honradez, la batalla por una causa noble. Pero ya está claro que los delincuentes sólo son amigos de sus ambiciones. Los intereses sucios acuchillan sentimientos como el amor, la lealtad, la amistad. Ocurrió también entre Antonio Perjuicio y Juan Sierra. Eran los últimos piratas que permanecían en El Cabo. Se arruinaba la piratería. Y Perjuicio y Sierra se encontraron y comprobaron la dificultad de vivir solos. Perjuicio tenía un campamento, y compartía una existencia pacífica con su hijo, que yo no sé dónde ni cuando lo engendró; nunca lo he oído. Había allí redes para pescar, y en ciertas noches del verano salían a *playar*, a esperar que las tortugas subieran al litoral a poner sus huevos para capturarlas. Comida, en fin, de sobra. Y oro, de sobra, porque ambos juntaron sus dineros y joyas.

La tranquilidad era segura. El Cabo seguía siendo intransitable. Desde 1850 existía el Faro Roncali, que, con 31 metros de altura, cada 40 segundos permitía que su reflector se viera desde 30 millas. Se construyó cuando la piratería del siglo XIX se apagaba. Pero el Faro sólo servía para alumbrar el tráfico de buques. No para imponer el orden, ni la justicia. Porque aunque allí hubiera agentes de la autoridad -y yo recuerdo que hubo, antes de 1959, hasta seis marineros de guerra-, de ese lugarcito, al frente, y cerquita de la mar, y de espaldas al monte, nadie salía en esa fecha, salvo los monteros, que, incluso, vivían en el monte y, como ya usted se puede figurar, no tenían otra opción que socorrer a los fugitivos.

El tiempo se les fue yendo en mansa comunidad. Una mañana, Sierra fue con el hijo de su compañero a ver si había pejes en las telas. Perjuicio subió a La Punta, que era como un mogotico, y los observó con el catalejo. ¿Por qué lo hizo? ¿Por casualidad? ¿Acaso porque su experiencia en la maldad desconfiaba del otro pirata? Realmente es imposible ahora conocer el móvil. Lo cierto es que se trepó en la altura y vio cuando Sierra mató al muchacho de un machetazo. Primeramente un tajo en el cuello; y en el fondo de la chalana, otro golpe para rematarlo. Luego lo tiró al agua. El porqué lo asesinó uno puede suponerlo. La ambición. El que se acostumbra al mal no halla sosiego; tanto oro lo había sonsacado. Y no quiso aguardar a que el tiempo, al pasar, les permitiera usarlo cuando ya la justicia, que entonces no era tan rápida ni muy interesada, los hubiera olvidado. Quería irse de Cuba. Y quería hacerlo solo. Con la fortuna de los dos.

Sierra regresó fingiendo dolores. Qué desgracia, tu hijo cayó al agua y los tiburones se lo comieron. En esa época el tiburón estaba allí como si fueran manchas de sardinas. Y Perjuicio qué se le va a hacer, era su destino. Y se dedicó a preparar café, que no era sino un té de hierbas. Al rato, propuso a Sierra esconder el tesoro, con el argumento de que si tenían que huir lo perderían en la urgencia. La sangre fría de Perjuicio asusta al que lo recuerda. En eso se metieron en el monte a buscar una cueva.

Cuevas aquí, me parece haberlo dicho, son como la mar: siempre a ojo y a mano. En una de las paredes había un hueco. Ahí amontonaron el oro, las joyas -collares, pulsos, brazaletes- y cuatro quintales de conchas de carey. Antes de tapiar el nicho con cemento romano, que ahora vengo a saber lo hacían a partir de arcilla; antes de tapiar, Perjuicio, halando su espada dijo al otro vi cuando mataste a mi muchacho. La voz se le cuarteó por la pena contenida. Sierra, de espaldas, se viró intentando desenvainar; lo habían sorprendido planeando sorprender. Pero su rival lo atravesó, y junto con un quejido vino afuera un vómito de sangre oscura, casi negra. En el mismo hueco de la pared, Perjuicio introdujo el cadáver. Y selló. Antes había extraído dos botijuelas. Y de ahí partió a pie hacia Bolondrón, que entonces se llamaba Alto Arriba. Guardó en una bolsa suficientes monedas; enterró el resto en sitio resguardado y marcado. Se agenció una chalana, y arribó a Punta Corojal, y más tarde a Arroyos, y de ahí a Mantua, donde tocó a la puerta de un amigo apellidado Porcell. Le llevaba café, comida, y le pidió que le permitiera vivir en su casa. No tengo familia. Nada te va a faltar, porque habrá dinero para muchos años.

No había sitio más apropiado para refugiarse. Mantua, en el norte, estaba próxima a la Península, y su origen como poblado se vinculaba, en 1716, con pescadores, contrabandistas y piratas. Era el último punto del Camino Real a Vuelta

Abajo, que partía de La Habana. Y eso es como decir que estaba lejos y olvidado. Ahora andan escribiendo que hacia 1710 lo fundaron unos italianos, náufragos en esos litorales de un navío llamado Mantova. A lo mejor se hundió azocado por piratas, y algunos de sus tripulantes o pasajeros se quedaron viviendo en esa zona de terreno irregular, como un columpio, y de paisajes lindísimos. Es verdad que en Mantua existen muchos apellidos italianos; me acuerdo de Pitaluga, del cual oí hablar una de las veces que anduve por allí. Y también se venera a una Virgen, la de las Nieves, que dicen no está en el santoral español, sino en el italiano.

Otros han contado que Perjuicio y un pirata apodado El Holandés se mataron mutuamente, fajados sobre un farallón. Me parece falso ese cuento de que ambos, abrazados, cayeron al precipicio, porque no supieron dónde colocar los pies. Yo siempre oí que Perjuicio murió sobre una cama, normalmente, en casa de su amigo, a quien quiso dar las indicaciones de la cueva donde había tapiado sus riquezas. Porcell se negó a recibirlas. Perjuicio murió, así, de una manera más humana, más creíble, aunque más injusta de acuerdo con sus perversidades. La vida, sin embargo, no entiende de justicias. Es ciega...

La historia sigue oculta

Nadie sabe la verdad de cuanto ocurrió en El Cabo. Ni los libros, que pasan rozando apenas a Guanahacabibes, mencionando sólo un nombre, un hecho, como si valiera menos en importancia que otros lugares, a los que sí tratan con abundancia. Escriben sobre la Ciénaga de Zapata, sobre la Isla de Pinos, como si fueran esos puntos los únicos con un pasado de piratas, de oro y de crímenes. No conocen a El Cabo. Ni yo, que he recogido en mis años tantos años de relatos, de tradiciones, puedo decir que sé. Conozco sus secretos, sus furnias, sus pájaros, sus animales, incluso esas reses que usted ve pastando cerca de la mar y que están aquí desde la época de la colonia; raza antigua, original, traída por los conquistadores desde España y que ha perdurado en El Cabo y que en ninguna parte de América usted la puede hallar. Todo lo conozco. O casi todo. Nadie lo discute. Lo conversaba hace un tiempo con Valerio Ceballos, que murió recientemente. Y él, que había llegado aquí en 1956, huyéndole a la guardia de Batista, como traía instrucción, empezó a recoger cuentos, historias, a conversar con los viejos. Y, sin embargo, no pudo emparejarse conmigo. Es que yo nací aquí, crecí aquí, en lo más tupido. Fui a ver el Faro, por primera vez, a los 17 años, después que conocía un árbol por su sombra, un pájaro por el canto o por la fecha en que aparecía.

Mucha gente viene a verme para preguntarme. Usted mismo me localizó, porque seguro que alguien le dijo pídale que le hable de este mundo de San Antonio. Pero sólo digo cuanto he oído, o he vivido, y algo que se me ha pegado deletreando libros. Si los he hojeado ha sido para confirmarme que la historia sigue oculta, desconocida. Mire usted a cuántas conclusiones nuevas habrá que llegar si se demuestra la existencia de una ciudad hundida tan cerca de El Cabo. Esa historia no la podrá relatar nadie. A quién irá usted a preguntar por cosas que están más atrás de la historia, más allá, lejísimos, de cuanto la mente humana puede suponer. Solo a la mudez, a las palabras sueltas de los despojos tendrán usted y los científicos que ponerles la oreja. Y el misterio seguirá engordando con mil preguntas y mil respuestas que siempre irán por la costa de lo aproximado.

He hablado con muchos que han pasado por aquí alterados por la noticia. Hay quien niega diciendo son pormenores de la naturaleza, incansable fabricante de mil figuras incomprensibles; Pero hay quien afirma es obra de los hombres, y si no de nosotros, son cosas de gente de otros mundos, extraterrestres. Y los más escasos, los menos, concilian la fantasía con lo real admitiendo que todo es posible. Esta es la actitud prudente que estimula a convertir el misterio en una verdad que nadie ponga bajo la sospecha de apariciones y fantasmas. Pero a mí los misterios no me asombran. Ya le he dicho que El Cabo está moldeado por lo nebuloso desde sus inicios. Es el rabo de Cuba y afirman, sin embargo, que se desprendió de Yucatán. Se nos pegó por no se sabe cuántos vaivenes o explosiones de volcanes, o terremotos, hace más de un millón de años, y se da así la situación de que el resto de la Isla tiene parecidos con otras islas del Caribe; pero la provincia de Pinar del Río mantiene semejanzas con La Florida, salvo la Península de Guanahacabibes que los conserva con Yucatán en sus plantas y vegetación. Y me pregunto si esa ciudad submarina, que seguramente estuvo alguna vez en la superficie, no fue techo y espacio de los mayas que a lo mejor vivieron desde mucho antes de lo que estiman los científicos en sus tablas.

Pero yo sólo doy por seguro lo que yo he visto, aunque sólo haya existido para mis ojos. La vida se me acaba. Y por eso a veces creo que la vida es demasiado linda para terminar. Y quizás alguna vez, después de muerto, me plantaré ante alguien para ponerle delante cuanta cosa me llevé sabiendo de esta tierra que miles de personas desconocen. Yo, si vengo de nuevo al mundo, me las arreglo para nacer en El Cabo. A lo mejor, como dicen ciertas religiones, nazco como lagartija, o como abeja, o como mosquito, pero que sea abeja, lagartija, mosquito de Guanahacabibes.

LUIS SEXTO

CENIZAS SERÁN LOS RECUERDOS

Ahora cuando se me acaban las memorias, le repito jurándole por la palabra única de un hombre: estoy convencido de que El Cabo guarda el dinero de tanta maldad que aquí vino a refugiarse. Mi padre, gallego desconfiado, también creía tener la fortuna bajo los pies. Pero para hallarla yo no sé que haría falta. Con todo cuanto sé de El Cabo, existen laberintos a los cuales nunca he podido llegar. Y si alguna vez los tocó, más tarde fueron mudándose. Porque la tierra crece o se achica; la piedra crece o se reduce. En mi juventud entré en cuevas con el sombrero puesto, y ya no quepo. Los piratas, si dejaron rastros de su paso, como Noronha, el portugués, dejó la cerca de su conuco y que uno de nosotros, El Guingue, encontró, también supieron esconder con habilidad el fruto de sus crímenes.

Y resulta que nunca antes en El Cabo se hizo justicia. Ni siquiera pudo emplearse para bien la ganancia de robos y matanzas. Dinero que sigue hundiéndose en lo más receloso de un pasado que ni las arenas, las aguas y los árboles son capaces de repetir, porque de por sí cambian, y porque el hombre las borra y las transforma también. ¡Cuántos árboles han plantado en los últimos 40 años los trabajadores de la empresa forestal modificando el paisaje, trastornando las rutas! ¡Y cuántos no se talaron antiguamente

para que los pobres malvivieran y los ricos ali-
mentaran sus costumbres con la savia de la naturaleza!

Eso, entre muchos, hizo Mamerto Borrego,
hombre aindiado, de pelo lacio, que fue el último
a quien enterramos en el cementerio de El
Cabo. Fue un símbolo ese entierro. Cerrábamos
el camposanto con ese muerto y también empe-
zábamos a olvidar una etapa, una forma de vivir. Murió en el momento justo. Ya la Revolución
había repartido sus posibilidades y sus propósi-
tos de cambiar a la gente cambiándole la existencia. Y Mamerto Borrego estaba unido a lo
más ruin de esta tierra. Tenía su caserío en La
Jocuma, sitio aislado dentro del aislamiento.
Descendían todos de aborígenes. Y gobernaba la
tribu como un cacique para el que no existían el
perdón, la bondad, el favor. A Pablo Borrego se
le enfermó una hija de nueve años. Le pidió diez
pesos para intentar sacarla por tierra a Cayuco
y consultar a un médico; el barco cobraba 60 por
llevarla a Arroyos de Mantua, y no le era posible
alcanzar tanto dinero. Mamerto le negó lo que
para el patriarca equivalía sólo a unos centavos.
Y la niña murió. Pero qué compasión podía sen-
tir, si él, a los 78 años, preñó a una nieta de once.
Pagaba a sus trabajadores 20 pesos al mes, pero
nunca tocaban el dinero; se los convertía en un
poco de frijoles, algunas lascas de tocino y vian-
das. Nada más. Prohibía que comieran carne de
puerco. Y lo más común consistía en cocinar ju-
tías con miel, o con manteca muy olorosa, muy
fina, que las mujeres sacaban de un molusco,
una concha, llamada cigua.

En cierta ocasión, Mamerto Borrego pasaba

por los jagüeyes, en los Conucos de los Negros, y oyó un gallo cantar. Intentó agarrarlo, y cada vez que le tiraba una *filástica*, soga fina de henequén, amarrada en una varita, el gallo desaparecía, como una visión. Se contaba que en ese lugar había habido un enterramiento de oro, muy próximo a Uvero Quemado, donde una noche vimos un barco que no podía ser barco. Al menos no podía estar fondeado donde no había fondo... Dos negros cimarrones se establecieron allí; *desplotaron* la zona para sembrar; chapearon unas migajas de tierra buena. Un día estaban en una casita en Caleta del Piojo y al ver acercase una embarcación se ocultaron. Siguieron con la vista a unos hombres que por allí enterraron unos cofres. Más tarde, los negros los cargaron para los Conucos. Con los años, uno murió. Y el otro lo sepultó sobre el tesoro.

La soledad fue, sin embargo, insoportable. Y el sobreviviente regresó a Arroyos de Mantua a pedirle a su antiguo amo que lo perdonara. A cambio le confesaría el sitio de una mina. El amo estaba enfermo. Murió. Y la historia permaneció en silencio. Después vino gente alegando poseer derroteros del tesoro de los cimarrones, pero nunca lo hallaron. Traían señas muy claras: en los jagüeyes, debajo de un algarrobo de cabeza, con el tronco para abajo y las raíces para arriba. Pero qué irían hallar, si Mamerto Borrego había quemado todo el sitio para abrir nuevos paños de tierra. ¡Ah, cuánta caoba, cuánto cedro, cuánto ébano, cuánta mata preciosa, se volvió cenizas... ¡

Como cenizas serán los recuerdos de tantos tesoros que se ríen de nosotros en playa Antonio,

Los Musulmanes, Perjuicio, cabo Corrientes...
Calló. Su vista se pegó a la nublazón que desde
el sur advertía lluvia. Se despidió antes de adentrarse en la manigua. Y yo inicié mi vuelta hacia
donde, tempranamente, me encontraría con la
nostalgia de la soledad, el silencio, la sombra y
la luz de Guanahacabibes, llevándome en mis
papeles las memorias que podrían haber compuesto una novela, que jamás escribiré, porque
tanto El Cabo como aquel hombre ya la escribie-
ron. Con su vida.

Editorial Letra Viva©

2013

Postal Office Box 14-0253
Coral Gables, FL 33114-0253

www.ingramcontent.com/pod-product-compliance
Lightning Source LLC
Chambersburg PA
CBHW071309130626
46556CB00004B/1527